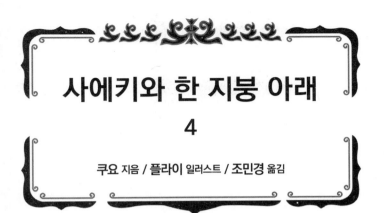

사에키와 한 지붕 아래

4

쿠요 지음 / 플라이 일러스트 / 조민경 옮김

컬러·본문 일러스트\플라이

사에키와 한 지붕 아래 ④

CONTENTS

'll have Sherbet!

사에키와
한 지붕 아래

제1장

"이제 어디에도 가지 않으니까"
라고 그녀는 말했다

ll have Sherbet

1.

올봄부터 나—— 유미즈키 유키츠구는 혼자 살기 시작할 생각이었다.

하지만 그 계획은 간단히 무너졌다.

사에키 키리카.

특출난 미소녀인 그녀가 등장하면서.

요즘 세상에 어떻게 그런 실수를 하느냐고 추궁하고 싶지만, 부동산이 나와 그녀 모두와 계약을 하고 말았다. 웃음도 나지 않는다.

그렇게 골치 아픈 상황을 앞에 두고 그녀는 얼토당토않은 해결책을 제시했다.

"플랫 셰어!"

요컨대 룸 셰어다.

그녀는 이곳에서 함께 살면 된다고 말했다.

그리하여 우리의 동거 생활이 시작되었다.

지극히 평범한 고등학생이자 앞으로도 그러고 싶은 내게 사에키와 함께하는 생활은 고생스럽고, 다양한 의미로 자극적이라── 따라서 내가 그녀에게 끌린 것은 자연스러운 현상이었을지도 모른다.

정신을 차리고 보니 우리는 세간에서 말하는 연인 관계가 되어 있었다.

그런 우리에게 룸 셰어 취소의 위기가 두 번 찾아왔다.

첫 번째는 다행히 금방 해결되었다.

하지만 두 번째는 심각했다.

사에키의 복잡하고, 어떤 의미로는 단순한 감정과 성격이 사태를 까다롭게 만들었다.

하지만 나는 사에키를 데리러 가 그녀는 물론이거니와 그녀와의 생활도 되찾을 수 있었다.

그것이 바로 어제 있었던 일이다.

따라서 오늘부터 또다시 나는 사에키와 한 지붕 아래다.

§ § §

아침.

나는 어중간하게 잠에서 깬 채 문을 노크하는 소리를 들었다.

노크?

오래간만에 들은 기분이었다.

'아아, 그렇구나. 그랬어…….'

그 소리의 의미를 뒤늦게 이해했다.

전에 들었던 것보다 훨씬 소극적인 노크 이후 문이 천천히 열렸다.

"유미즈키, 일어났어……?"

주뼛주뼛 모습을 살피는 듯한 그녀의 목소리.

그렇다. 어제 사에키가 돌아왔다. 방문을 노크한 것도, 이렇게 아침에 깨워주는 것도 정말 오랜만이다.

"……지금 일어날게요."

나는 손등을 눈 근처에 대고 긴 숨을 토해내며 의식도 몸도 본격적으로 깨웠다.

그리고 침대 위에서 몸을 일으켰다.

"좋은 아침이에요. 사에키."

"응. 잘 잤어……?"

방의 입구에서 문고리를 등 뒤의 손으로 잡은 듯한 자세로 사에키가 서 있었다.

그리고 대화는 그대로 끊어졌다.

"그, 그럼 아침 먹어."

"사에키."

나는 도망치듯 나가려는 그녀를 불러세웠다.

"조금은 진정이 됐나요?"

어젯밤의 사에키는 냉정을 잃은 듯했다. 하룻밤이 지나 마음이 진정되었을까?

그렇게 묻자 그녀는 미안한 듯 작게 고개를 끄덕이며.

"그게──."

"그렇군요. 그럼 됐어요."

하지만 나는 일부러 목소리를 겹쳐서 뭔가를 내뱉으려는 그녀의 말을 가로막았다. 무슨 말을 하려는지는 대강 예상이 갔고, 그런 말은 듣고 싶지 않았다. 그런 걸 바라는 게 아니다.

바로 그때.

"아…….."

사에키가 갑자기 작게 목소리를 냈다.

"왜 그래요?"

"어젯밤 일이 떠올랐어…….."

그리고 얼굴을 붉히며 고개를 숙였다.

"……그런 건 굳이 말하지 않아도 돼요."

나도 진즉에 떠올랐다. 필사적으로 생각하지 않으려는데 그런 말을 하면 쓸데없이 의식하고 만다.

나는 세우고 있던 한쪽 무릎에 이마를 얹었다.

"옷 갈아입게 나가 주세요."

그녀의 얼굴도 보지 않고 그 자세 그대로 쫓아내듯 손을 휘저었다.

달칵 하고 문고리가 돌아가는 소리가 났다.

"저, 저기, 유미즈키…….."

거기서 움직임을 멈춘 사에키가 조심스레 입을 열었다.

얼굴을 들자 그녀는 문 쪽을 향한 채 내게 등을 지고 말했다.

"어젯밤 일 말인데……."

"알아요. 그때는 정신이 나갔었다고 말하려는 거죠?"

"……."

사에키는 입을 다물었다.

이윽고.

"……바보."

그 한마디를 남기고 방에서 나갔다.

나는 한숨을 한 번 쉬었다.

아무래도 선택지를 잘못 고른 모양이었다. 틀림없이 오답이다. ……뭐, 가끔은 일부러 오답을 골라야 할 때도 있는 법이다.

§ § §

나는 옷을 갈아입고 거실로 나갔다.

주방의 식탁에는 이미 2인분의 아침 식사가 차려져 있었다. 오늘은 생선구이 정식인가?

그건 마음에 들지만…….

"뭔가 호화롭네요."

메뉴는 심플하지만 묘하게 훌륭하여 여관이나 호텔의 아침 식사 같았다. 가짓수도 많아서, 별로 넓지 않은 2인용 식탁이 꽉 찼다.

"응. 오랜만이라 조금 힘이 들어갔나 봐. ……자, 먹자."

"그러게요."

세면대에서 세수를 하고 돌아오자 밥과 된장국이 추가되어 있었다. 이게 완성형이겠지.

의자를 당겨 자리에 앉으려 했을 때, 사에키가 의아한 듯한 표정을 짓고 있다는 걸 알아챘다.

"왜 그래요?"

"응? 아니. 아무것도 아니야."

물어봤지만 그녀는 손과 고개를 저으며 황급히 부정했다.

다소 신경 쓰이는 점은 있지만, 지금은 그냥 두기로 하고 다시 의자에 앉았다.

"그럼 잘 먹을게요."

"응. 맛있게 먹어. ……잘 먹겠습니다."

테이블에 마주 앉아 합장한 뒤 먹기 시작했다.

"어때?"

"맛있어요."

조금 양이 많은 것 같기도 하지만. ……아마 힘이 들어갔다기보다는 일종의 헛발질이겠지.

"그래? 다행이다."

그렇게 말한 그녀는 연약하게나마 미소를 보였다.

사에키는 내 얼굴을 보지 못하고 시선을 살짝 내린 채 식사했지만, 오래 입을 다물지는 않았다.

"유미즈키는 어떻게, 잘 챙겨 먹었어? 그…… 내가, 없는 동안에……."

"잘 챙겨 먹었죠."

물론 과연 그것이 잘 챙겨 먹은 것인지는 의문의 여지가 있을 것이다. 횟수만은 하루 세끼를 지켰지만, 내용은 부실했다. 특히 아침은 전에 사둔 빵을 우유나 오렌지 주스와 함께 흘려넘기는 날이 많았던 것 같다.

그렇게 우리는 마치 어떤 빈틈을 채우듯 드문드문 말을 나누었고, 가끔은 작게 웃으며 어딘가 어색하지만 느긋하게 시답지 않은 이야기를 했다.

"잘 먹었습니다."

"잘 먹었습니다."

어느 한쪽이 타이밍을 맞춘 것도 아닌데 거의 동시에 식사가 끝났다.

나는 내 밥그릇과 접시를 포개어 싱크대로 옮겼다. 평소처럼 뒷정리는 사에키에게 맡기고 나는 거실에서 신문을 읽도록 할까?

"저, 저기."

그런 나의 뒤에서 사에키의 목소리가 들렸다.

"네?"

"저기, 커피는 안 마시나 싶어서…….."

그렇게 말하는 그녀는 어쩐지 불안한 듯 얼굴을 숙였다.

"아아."

참, 그랬지. 나는 사에키가 나간 뒤로 줄곧 커피를 끊었지만, 그것을 모르는 그녀가 의아하게 생각하는 것도 당연하다. 돌이켜 보니 아까 내가 자리에 앉으려던 때 보여준 표정도 이것 때문이었으리라. 평소라면 아침을 먹기 전에 커피 메이커를 세팅했을 테니까.

"그러네요."

이제 마시지 않을 이유는 없을 터였다.

오랫동안 사용하지 않았던 커피 메이커를 즉시 세팅했다. 종이 필터를 끼우고 머그컵 두 잔 분량의 커피 가루와 물을 넣었다.

나는 그 작업을 하며 고백했다.

"실은 계속 커피를 안 마셨어요."

"응?"

그녀의 반응은 뜻밖에 컸다.

"어, 어째서……?"

"딱히 이유는 없어요."

나는 애써 태연한 척했다.

물론 거짓말이었다.

하마나카는 이것을 사에키가 돌아오도록 비는 의식이라

고 말했지만, 사실은 더 한심한 이유 때문이었다. 여기서 마지막으로 함께 마신 뒤 사에키가 나갔으니 내 마음속에서 커피는 나쁜 추억을 상기시키는 열쇠가 되었다. 그리하여 커피 메이커와 마주한 지금도 그때 일을 떠올리며 숨이 막힐 듯한 감각에 빠졌다. 이게 바로 트라우마인가?

자, 준비 완료.

당장 둘이서 마실 양만큼만 내렸으니 완성까지 5분도 걸리지 않았을 것이다. 실제로 내가 거실에 선 채 신문을 읽는 동안 끝났다.

"사에키, 다 됐어요."

"아, 거기 놔둘래? 이게 끝나면 마실게."

그렇게 대답한 그녀는 싱크대에서 설거지를 하는 중이었다.

"아, 아니요. 괜찮다면 같이 마시지 않을래요?"

"응? 그래. 그럼 이것만."

사에키는 씻던 접시를 건조대에 두고 수건으로 손을 닦은 뒤 테이블 앞에 앉았다. 그녀의 앞에는 따끈한 카페오레가 놓여 있었다.

"아……."

갑자기 그녀가 작게 목소리를 냈다.

"왜 그래요?"

"아니. 아무것도 아니야."

조금 전에 똑같은 대화를 했던 것 같다. 다만 지금의 그녀는 아주 살짝 웃는 것처럼 보였다.

그 뒤 사에키는 양손으로 머그컵을 감싸듯 들고 한 모금을 마셨다.

"나도 집에서 커피를 마시지 않았어."

"그랬나요?"

나도 컵에 입을 대고.

"그건 왜죠?"

"글쎄. 딱히 이유는 없어."

사에키는 이번에야말로 정말 조금 부끄러운 듯 웃으며 말했다.

마치 아까 내가 한 말을 곱씹듯.

그렇다면 분명 '나와 마찬가지'일 것이다.

"아. 유미즈키가 끓여준 커피를 좋아하기 때문이기도 하려나?"

"그거 영광이네요."

어느샌가 꽤 마음에 들었구나.

"그럼 앞으로도 되도록 이렇게 함께 마셔야겠네요."

내가 그렇게 말하자 사에키는 조금 놀란 듯 이쪽을 보더니, 감추듯 얼굴을 숙이고 말없이 고개를 살짝 끄덕였다.

울며 웃는 듯한 입가.

무언가가 빛나는 눈가.

하지만 나는 그것을 못 본 척했다.

괜찮다. 우리의 눈에는 서로의 모습이 비치고 있다.

커피의 의미도 그리 머지않은 미래에 다시 쓸 수 있을 것이다.

2.

그 뒤로 며칠이 지난 어느 날.

5교시가 끝나고 쉬는 시간에 별생각 없이 교실 맨 뒤로 가서 창밖을 보는데 그곳에는 온통 흐린 하늘이 펼쳐져 있었다.

"한바탕 비가 쏟아지려나?"

일기예보에서는 뭐라고 했더라? 잘 생각이 나지 않는다.

이렇게 분명치 않은 날씨는 어쩐지 지금의 사에키와 닮았다.

사에키가 돌아온 지 이제 곧 1주일이 되며 그녀의 모습도 조금씩 되돌아오고 있었다. 말도 잘 하고, 잘 웃는다. ──하지만 내게는 아직 어쩐지 그때 일을 마음에 둔 것처럼 보여서 걱정이 이만저만이 아니었다. 딱히 무슨 일이 있다거나 있었던 건 아니지만.

문득 생각이 나서 사에키에게 문자를 보냈다.

『오늘 집에 같이 갈까요?』

둘 다 아무런 부활동도 하지 않는 몸이라 이런 제안을

하지 않아도 절반의 확률로 승강구에서 만나지만.

문자가 간 것을 확인한 뒤 대기화면으로 돌아와 단말기를 닫았다——. 그러자 그것을 주머니에 넣을 새도 없이 착신을 알리는 진동이 울렸다. 누구인지 디스플레이를 보자 사에키의 문자였다. 아까 그 문자의 답장일까, 아니면 우연히 같은 타이밍에 문자를 보냈을까?

『오케이!』

그런 짧은 문장 뒤에 손가락으로 OK 사인을 보내는 이모티콘이 첨부되어 있었다.

정말로 답장이었다. 빠르다. 초등학생 사이에서는 3분 룰이라느니 5분 룰이라는 게 있는 모양인데 그것을 웃돌았다.

나는 한동안 생각에 잠겼다.

루트비히 비트겐슈타인은 '말할 수 없는 것에 대해서는 침묵해야 한다'라고 했다.

살짝 짐작 가는 바는 있지만, 지금은 그냥 두기로 하자.

답장을 하는 게 좋을지 생각하는데 다시 단말기가 진동했다. 또 사에키였다.

『어디서 만날까? 승강구? 아니면 교실로 가는 게 나아?』

나도 모르게 쓴웃음을 지었다.

답장은 한 번에 보내면 좋을 것을.

『승강구요.』

『오케이!』

이야기는 정리되었다. 더 이상 답장을 보내도 무의미하게 이야기만 길어지리라고 판단하여 나는 단말기를 닫았다.

이렇게 문자로 대화하는 것은 지극히 자연스럽다.

물론 얼굴을 마주하고 이야기를 해도 마찬가지다.

그렇다면 나의 걱정도 단순한 기우에 지나지 않을까? 그렇다면 상관없지만.

단말기를 주머니에 넣으며 고개를 들자 그곳에 야마나미 루나—— 야마나미가 있었다. 머리카락에 달린 커다란 리본이 특징적인 그녀는 움찔 튀어 오르며 가슴 앞에서 좌우의 주먹을 붙이고 몸을 웅크렸다. 아무래도 뭔가 용건이 있어서 이쪽으로 다가온 모양이지만, 내가 갑자기 고개를 들어서 놀란 듯했다.

"무슨 용건이 있나요?"

"아, 네. 저기⋯⋯."

그녀는 반걸음씩 다가왔다.

"이거, 먹을, 래요?"

연약한 목소리로 그렇게 말하며 손을 펼쳐 보여준 것은, 은색 종이로 감싼 작은 사각형의 물체였다.

"뭔데요?"

"콜라 맛 캔디요."

"아아."

나는 그것을 보고 납득했다.

야마나미는 캔디라고 표현했지만 실제로는 소프트캔디고 그 안에는 젤리가 들어 있다. 비교적 유명한 상품이다.

"먹어도 될까요?"

내가 묻자 야마나미는 작게 고개를 끄덕였다. 당연히 먹어도 되니 가져왔겠지만.

"그럼 주는 거니 먹을게요."

여기서 거절하면 그녀가 곤란할 것이다. 내가 손을 내밀자 야마나미는 그곳에 그 작은 캔디를 톡 떨어뜨렸다. 나는 즉각 껍질을 벗겨 입안에 넣었다. 한 입 깨물자 혀 위에 콜라 맛이 퍼졌다.

"고마워요. 맛있네요."

내 말에 그녀는 기쁜 듯 미소로 답했다.

그것을 먹으며 나는 야마나미가 입을 열기를 기다렸다. 무슨 할 말이 있어서 이렇게 말을 걸었을 것이다.

"사, 사에키와, 화해, 했지요……?"

머지않아 그녀가 말하기 곤란하다는 듯 꺼낸 화제는 조금 의외였다. 설마 그녀의 입에서 사에키의 이름이 나올 줄은 몰랐다.

"잘 아시네요."

"어제 아침에 둘이 함께 걷는 걸 봤거든요……."

"그렇군요."

확실히 사에키가 돌아온 뒤로 학교 축제 이전과 똑같이 함께 집을 나서 등교하고 있다. 하나의 판단 기준은 될 것이다.

"요즘에 조금 복잡한 일이 있었지만, 화해했다고 할까, 본래대로 돌아갔어요."

밑도 끝도 없는 걱정은 있지만.

"역시 그랬군요. 잘됐어요."

"걱정을 끼친 모양이네요. 죄송해요."

야마나미는 고개를 숙인 채 붕붕 가로저었다. 리본도 흔들렸다.

"나도 노력해야겠다……."

그녀는 자신에게 되뇌듯 중얼거렸다.

마침 좋은 기회이기에 나는 야마나미에게 어느 사실을 확인하려 했지만, 마침 종소리가 울려서 이루지 못했다.

쉬는 시간 종료.

오늘의 마지막 수업인 6교시가 시작되었다.

"이거 고마워요."

나는 손가락 사이에 끼운 포장지를 보여주며 그렇게 말하고 자리로 돌아갔다.

§ § §

그리고 방과 후.

신발을 갈아신고 승강구를 나서자 그곳에는 이미 사에키가 있었다. 그녀는 미소와 함께 작게 손을 흔들었다.

"일찍 왔네요."

나도 종례가 끝나고 곧장 온 건데.

"응. 기다리게 하면 미안하니까. 가장 먼저 교실을 나서서 달려왔거든."

그래서 벌써 왔구나.

"사쿠라이는요? 늘 함께 다녔는데 두고 왔나요?"

"나는 유미즈키가 최우선이거든."

사에키는 천진난만한 미소를 보였다.

"그거 영광이네요. 하지만 친구는 소중히 여겨야 해요."

"응. 두 번째나 세 번째 정도로는 소중히 여길게. 게다가 쿄코에게는 잘 말해 뒀으니 괜찮아. ……자, 가자."

그녀를 따라 발을 내디뎌 즉각 교문을 나섰다.

학교 도시의 넓은 인도를 나란히 걸었다.

종례가 끝난 지 아직 얼마 지나지 않은 시간이라 이렇게 일찍 학교를 나선 학생은 별로 없었다. 똑같은 교복을 입은 모습은 드물었다.

"유미즈키, 저녁은 뭘 먹을까?"

사에키가 옆에서 물었다.

"저는 아무거나 좋아요."

"그래? 그럼 이대로 장을 보러 갈까? 돌아보는 동안 먹고 싶은 게 생각나면 말해. 뭐든 만들어 줄게."

"딱히 그렇게까지 하지 않아도 돼요."

"유미즈키가 좋아하는 걸 만들 거야."

더욱 물고 늘어지는 사에키의 모습에 나는 일단 하늘을 보았다.

"……오늘은 옆길로 새지 말고 집에 가죠."

"그래도……."

불만스럽다기보다는 어딘가 불안한 듯한 목소리였다.

옆눈으로 그녀를 힐긋 보자 걱정스러운 눈으로 이쪽을 살피고 있었다.

그렇게까지 초조해하지 않아도 되는데. 나는 마음속으로 한숨을 쉬었다. 아니, 사에키에게는 그것도 무리는 아닌가?

하지만.

"'그래도'라고 하지 말고요——. 봐요."

나는 하늘을 가리켰다.

교실에서 본 온통 흐린 하늘은 구름이 더욱 짙어져서 이미 비구름이라고 부를 법한 것으로 바뀌어 있었다. 잿빛 하늘이었다. 공기에서도 비가 내리기 전의 독특한 냄새가 났다.

"당장이라도 쏟아질 것 같아요."

오늘은 접이식 우산도 가져오지 않아서 비가 내리면 성가셔진다.

"집에 아무것도 없는 건 아니니 있는 걸로 만들면 되잖아요?"

"응……."

"딱히 저도 생각 없이 아무거나 좋다고 말한 게 아니에요. 말하자면 '당신이 만든 음식이라면 뭐든 맛있다'고나 할까요?"

정말 오글거리는 대사다.

"정말?"

"정말이에요. 거짓말 안 해요."

이럴 때 정도는 서비스가 필요하겠지.

"알았어. 그럼 있는 재료로 엄청난 걸 만들어 줄게."

"기대할게요."

우리는 때마침 파란불인 횡단보도를 건너 좌회전했다.

역이 아닌 집 쪽으로.

§ § §

집에 도착하는 것과 동시에 내리기 시작한 비는 저녁을 먹은 뒤엔 천둥 번개를 동반한 거센 비로 바뀌었다.

옆으로 들이치는 비는 발코니에 난 안쪽 창을 때릴 정도였고, 그 소리에 섞여 바람 소리와 바람이 나무를 흔드는 소리가 들렸다. 이 계절에 태풍이라도 온 걸까?

"바깥이 난리네."

밥을 먹고 거실에서 둘이 쉬며 차를 마시는데 사에키의 입에서 참지 못하고 감탄의 말이 쏟아졌다.

그때, 창밖이 일순 빛나며 몸속에 울리는 듯 묵직하고 큰 소리가 귀를 때렸다. 어딘가에 벼락이 떨어진 모양이었다.

"오오~."

재차 감탄했다.

"천둥이 무섭지 않나요?"

"응. 괜찮아."

"그런가요? 유미는 그래 보여도 사실 천둥을 무서워하거든요."

입으로는 무섭지 않다고 하고 표정도 변하지 않지만, 천둥이 치면 조금씩 다가온다. 그리고 어느 순간 바로 옆에 딱 붙어 있다. 그런데도 무섭지 않다고 주장하니 참 대단하다.

생각하자 웃음이 솟구쳤다.

"아, 혹시 유미즈키는 천둥에 겁먹는 여자가 더 좋아?"

"네?"

"그런 사람이 더 귀엽다고 생각해?"

얼굴을 돌리자 사에키는 양손으로 감싸듯 찻잔을 들고 눈을 치뜬 채 묻고 있었다. 짓궂은 미소를 지으며 나의 취향을 캐내려 했지만, 그 속에는 다른 무언가가 보이는 듯했다.

"글쎄요……."

나는 잠시 할 말을 찾았다.

"확실히 그런 모습을 보면 귀엽다고 생각할지도 모르겠네요."

말을 잠시 끊고 덧붙였다.

"하지만 그건 그 여자애를 평가하는 요소는 아니에요. 수많은 모습 중 하나에 지나지 않으니 그것으로 좋고 싫고를 말할 생각은 없어요."

"응?"

사에키는 일순 놀란 듯한 표정을 지었다.

"아, 응……."

그리고 고개를 끄덕이며 찻잔으로 시선을 떨어뜨렸다. ……과연 제대로 전해졌을까?

"그럼 슬슬 방으로 돌아가서 공부해야겠네요."

나는 남은 차를 다 마시고 일어섰다. 사에키가 얼굴을 들었다.

"중간고사도 코앞이네."

"얼마 전까지는 공부가 손에 전혀 잡히지 않았거든요."

"아, 나도."

그렇게 말한 그녀는 쓴웃음을 지었다.

서로가 왜 그랬는지는 두말할 나위도 없었다.

"그거 내가 치울 테니 그냥 둬."

"그래요? 그럼 부탁할게요."

나는 사에키의 말대로 찻잔을 그대로 두고 방으로 돌아갔다.

§ § §

내 방에서 책상 앞에 앉았다. 중간고사는 다음 주 후반부터다.

밖에는 여전히 비바람이 부는 소리가 심했다.

그러고 보니 아까까지 켜두었던 텔레비전의 뉴스에서 폭풍이 무슨 경보라고 했던 것 같다. 이 상태로 아침까지 이어지면 학교가 휴업할까? 조금이지만 기대되었다.

그리고 마침내.

한바탕 큰 천둥소리가 울려 퍼지며 방의 조명이 꺼졌다. 정전인가? 책상에서 얼굴을 들고 의미도 없이 천장을 올려다보았다.

"꺄악."

그때, 귀를 찌르는 사에키의 비명이 들렸다. 나는 천둥보다 오히려 이 소리에 놀라 나도 모르게 자리에서 일어났다.

직후, 콰당, 두다다다, 아주 요란한 소리가 들렸고,

"유, 유미즈키!"

노크도 없이 사에키가 뛰어들어 왔다.

그대로 곧장, 주저 없이 내 품에 매달렸다.

"저저저, 정전이야! 캄캄해!"

"알아요."

그녀가 너무 당황해서 오히려 나는 대단히 냉정해졌다.

아무래도 사에키는 천둥은 괜찮지만, 어둠은 무서운 모양이다. 잘 때도 불을 끌 텐데 싶지만, 직접 끄는 것과 정전으로 갑자기 어둠 속에 내던져지는 것은 의미가 다를지도 모르겠다.

"어, 어쩌지?!"

"사에키, 여기에 이사 왔을 때 손전등을 준비한 기억이 있나요?"

"……없어."

나도 없다.

"비상용 초는요?"

기척만으로 그녀가 고개를 가로젓는 것을 알 수 있었다. 물론 나도 그런 것을 준비한 기억은 없다. 덧붙여 말하자면, 가령 있더라도 불을 켤 도구가 없다는 걸 깨달았다. 큰일이군. 이럴 줄 알았으면 담배를 피우는 습관을 들일 걸 그랬다.

"일단 떨어질래요?"

아까부터 사에키가 내 팔을 안듯이 매달리는 바람에 아마도 또래 여자애에 비해 더욱 풍만할 가슴이 밀려든 상태였다.

"그, 그건 불가능해. 캄캄한데! 유미즈키는 너무해."

한동안 이대로 있을 모양이다.

그나저나 자기 방에서 용케 여기까지 왔네. 달은 두꺼운 비구름에 덮여서 창문을 통해 쏟아지는 천연 조명은 아주 흐릿했다. 아예 암흑은 아니지만, 눈이 어둠에 적응하지 않은 상태라 발이 걸려 넘어지지는 않았을까? 거실의 한가운데에는 테이블도 있는데. 특수한 재능 같은 건가?

"별수 없네요. 어지간히 심각한 정전이 아니면 금방 복구될 거예요. 할 수 있는 게 아무것도 없으니 이야기라도 나눌까요?"

"이야기?"

"네, 뭐."

일단 모호하게 대답해 두고 우리는 침대에 앉았다. 여전히 사에키는 내 팔을 안고 있었다.

"느닷없지만── 저는 당신을 좋아해요."

"응? 아, 저, 저기……."

갑자기 들이닥친 지금 이 상황에는 어울리지 않는 말에 사에키가 당황했다. 그녀에게서는 보기 드문 모습이었다.

얼굴을 붉게 물들였을까? 얼굴이 보이지 않는 지금이니 말하자 싶었는데, 이런 거면 밝은 곳에서 말해도 좋았을지 모르겠다.

"요즘 많은 일이 있었지만, 그 마음은 지금도 변하지 않았어요."

"아……."

내가 하려는 말을 이해했는지 사에키는 작게 목소리를 냈다.

"눈치채고 있었구나."

"막연하게요."

알아챈 것은 학교에서 5분 답장 룰을 떠올렸을 때다. 사에키는 왜 그렇게 빨리 문자를 보냈을까?

그 밖에도 있다.

서둘러 약속 장소에 온 것.

내가 좋아하는 음식을 만드는 데 묘하게 집착한 것.

좋아하는 여성의 취향을 궁금해한 것.

"얼마 전부터 갑자기 불안해졌어. 유미즈키는 이제 나를 좋아하지 않게 되었을지도 모르겠다고."

그런 짓을 했으니까, 하고 사에키는 말했다.

"제 마음은 지금 말한 대로예요. 당신답지 않게 약한 소리를 하네요."

"약한 소리?"

그녀는 내 말을 그대로 반복하며 올려다보았다. 눈이 조금 적응된 어둠 속에서 우리는 서로의 얼굴을 마주 보았다.

"제가 떠나가면 힘으로라도 다시 끌고 오는 게 평소의 당신인데요. 아직 함께 있으니 당신은 당신답게 있어야지요."

"그건……."

사에키는 뾰로통해졌지만── 머지않아.

"하지만 확실히 유미즈키의 말이 맞는지도 몰라. 조금 약해져 있었어."

"조금은 기운이 났나요?"

뜻밖에도 정전 덕분에 이미 사에키다운 모습을 제법 되찾은 것도 같지만.

"응. 이제 괜찮아. 유미즈키가 곁에 있다는 걸 알았으니까."

얼굴은 보이지 않지만, 그녀가 미소를 짓는다는 것은 목소리만 들어도 알 수 있었다.

"그럼 이만 떨어져 주세요."

"그것과 이건 별개야!"

사에키는 재차 힘을 꽉 주며 매달렸다.

나는 또다시 무의미하게 천장을 올려다보았다.

아직 한동안은 이러고 있을 모양이었다. 이제 팔이 저리는데.

얼른 정전이 끝났으면 좋겠다.

3.

그럭저럭 중간고사를 넘긴(결과는 보증할 수 없지만) 직후의 점심시간.

도시락을 다 먹고 야가미와 떠들던 내게 쿠와시마 선배가 찾아왔다.

무테안경이 어울리고 얄미울 정도로 지적인 그 얼굴이 교실로 들어왔을 때, 불행히도 야마나미가 입구 부근에 있었고 놀란 나머지 뒤로 껑충 물러났다. 그녀는 좋은 집안의 딸인 모양인데 대체 어떻게 자라면 저렇게 되는 걸까?

쿠와시마 선배는 그 모습을 이상하리만큼 차가운 눈으로 힐긋 본 뒤 내 자리까지 찾아왔다. 선배는 먼저 내 책상 위에 캔커피를 두었다.

"잠깐 시간 돼?"

그리고 안경테를 손가락으로 밀어 올리며 그렇게 말을 꺼냈다.

보름쯤 전에도 이런 장면이 있었는데, 내게도 선배에게도 그때처럼 날 선 분위기는 없었다. 다만 쿠와시마 선배만 두고 말하자면, 그 안경은 집어치우는 게 좋을 것 같다. 맨 얼굴이 부드러우니 콘택트렌즈로 바꾸는 게 어떨까?

"무슨 할 말이 있나요?"

"뭐, 그렇지. 별건 아니지만, 잔말 말고 따라와."

나는 시선을 책상 위로 떨어뜨렸다. 선배가 가져온 캔커피가 있었다. 이렇게 선물도 받았으니 거절할 이유도 없겠지. 게다가 기회가 있으면 다시 이야기를 나누고 싶던 참이기도 했다.

"알겠어요. ……야가미, 잠깐 다녀올게요."

나는 지금까지 함께 시답지 않던 대화를 하던 친구에게 그렇게 양해를 구하고 캔을 손에 든 채 일어섰다.

교실을 나선 쿠와시마 선배가 지난번처럼 두 건물을 이은 복도로 갈 줄 알았는데, 그대로 교실 앞 복도의 창문에 기댔다. 점심시간이 한창이기도 하여 오가는 학생은 많지만, 오늘은 여기면 되는 모양이었다.

나도 그와 어깨를 나란히 하고 창문에 등을 댔다.

"키리와는 잘 돼가는 모양이지?"

바로 캔커피의 뚜껑을 따는데 쿠와시마 선배가 먼저 입을 열었다.

"네. 덕분에요."

"그래? 그렇다면 다행이네."

그렇게 말한 선배도 자신의 캔커피 뚜껑을 따고 그것을 내 쪽으로 들었다. 나도 그것을 따라── 서로의 캔을 가볍게 부딪치며 건배했다.

우선은 커피를 한 모금 마셔 목을 축였다.

"이제 와서 사에키가 아깝다고 생각하는 건 아닌가요?"

"뭐, 솔직히 그런 마음이 없는 건 아니야. 키리는 귀여우니까."

"그러게요."

"하지만——."

거기서 그의 말이 멈추었다.

무슨 일일까, 하고 옆눈으로 보자 쿠와시마 선배는 시야 끝에서 무언가를 발견한 모양이었다. 이어서 시선의 행방을 좇자 그곳에는 교실 안에서 얼굴만 내밀고 이쪽을 엿보는 야마나미가 있었다. 저런 게 시야에 비치면 이야기를 멈추는 게 당연하다. 대체 그녀는 뭘 하는 거지? 이쪽으로 오면 될 텐데.

하지만 쿠와시마 선배는 무시하기로 한 모양이었다.

"미안하지만, 나는 부모님께 무언가를 강요받는 건 사양하겠어."

뜻밖에 단호하고 강한 말투였다.

덕분에 때마침 지나가던 학생이 '누구지?' 하고 이쪽을 보았고, 야마나미도 놀라 교실 안으로 쏙 들어갔다.

"그러니 부모님의 입장을 생각해서 행동하는 키리를 볼 수 없었어."

그렇다. 그는 부모님에 의해 결혼 상대가 정해질 몸이다. 따라서 자신보다도 부모님의 입장을 우선하는 사에키의 모습에서 자신이 포개졌으리라.

"물론—— 남자는 단순한 생물이라 귀엽다는 것만으로

여자애를 좋아하게 되는 면이 있지만, 그러면 여자애 쪽이 가엽잖아?"

말투는 아까보다 조금 풀어졌지만, 하는 말은 진리였다.

"게다가 내게는 치명적으로 난감한 점이 있어."

"치명적이요?"

나는 되물었다.

"그래. 나는 아무래도 남자에게 흥미를 느끼는 것 같더군."

"네?"

기다려. 그 갑작스러운 커밍아웃은 뭐냐?

"그런 점에서 나는 키리보다 네 쪽이 눈에 들어오기 시작했다."

쿠와시마 선배는 똑바로 나를 보며 그런 말을 했다.

나는 말을 잃고 입을 다물었다. 등에 불쾌한 땀이 흐르는 침묵 속에서 그는 커피를 들이켜며 긴 틈을 둔 뒤 다음 말을 이었다.

"당연히 농담이야. 진심으로 받아들이지 마."

나도 모르게 무릎을 휘청거릴 뻔했다.

작작 좀 해라. 전에도 그랬지만, 선배의 농담은 도무지 농담으로 들리지 않는다. 1학년 중에 마침 적당한 애가 있으니 그걸 제물로 소개하고 도망칠까 하고 제법 진지하게 생각했다.

"그럼 본론으로 들어가지."

쿠와시마 선배는 화제를 돌렸다.

역시 굳이 캔커피를 주면서까지 이런 지독한 농담을 하러 온 것은 아닌 모양이었다.

"너는 키리를 꼬셔서 대학교 축제에 다녀와."

"뜻밖이네요."

"뭐, 보상이야."

지난달의 축제에서 있었던 일을 일컫는 것이리라.

실제로 그는 앞선 말과 달리 부모님의 입장을 생각하여 행동하는 사에키를 자신의 사정 때문에 이용했다. 그로 인해 나와 사에키가 축제 둘째 날에 보내려던 계획은 무너졌다. 나라는 존재를 알면서도 이틀 중 하루 정도라면 괜찮다고 어설프게 생각했다는 점은 쿠와시마 선배 자신도 말한 바 있다.

"학교 도시에도 몇 곳의 대학이 있지만, 그중 내가 아는 선배가 다니는 곳이 있어. 괜찮다면 그곳에 가보지 않을래?"

"그렇군요."

학교 도시에서는 지금 이 11월이 대학 축제 시즌이다. 하루를 보내기에는 딱 좋을지도 모르겠다.

"알겠어요. 나중에 사에키를 꼬셔볼게요."

"아는 선배가 있다고 해서 뭘 해줄 수 있는 건 아니지만, 이 주변에서는 가장 큰 대학이야. 그만큼 축제도 화려하니 재미있을 거야."

이렇게 잘해주니 미안하네.

"우리 학교의 문화제도 있고, 이벤트가 줄을 잇네요."

"부족할 정도지."

라며 쿠와시마 선배는 웃었다.

"이런. 말이 끝나기 무섭게 그녀가 등장했군."

그 말에 복도 끝을 보자 신비한 농담의 허니브라운 헤어를 흔들며 걸어오는 사에키의 모습이 있었다. 그녀도 이내 나를 발견했다.

"아, 유미즈키——."

말이 끊어지며 그녀의 입이 '아' 발음 모양으로 변했다. 내 옆에 쿠와시마 선배가 있기 때문이리라.

"안녕? 키리."

걸음을 늦추며 다가온 사에키에게 쿠와시마 선배가 먼저 말을 걸었다.

"아, 히지리 선배. 그때는 여러모로 폐를 끼쳤습니다. 그……, 죄송했어요……."

"응? 아아, 그거? 뭐, 벌써 끝난 일인데. 게다가 처음부터 내 사정에 끌어들인 탓이기도 해. 사과할 사람은 나야. 미안해."

살짝 고개를 떨군 사에키에게 선배는 쓴웃음을 지으며 대답했다.

"앞으로도 같은 학교 학생이자 친구로서 잘 부탁해."

"아, 네. 저야말로요……."

사에키는 다시 한번 정중하게 고개를 숙였다. 당시 사건의 전말을 아는 상대로서 부끄럽고 미안해서 복잡한 마음일 것이다.

그렇다 해도—— 가슴이 욱신거렸다.

사에키와 쿠와시마 선배가 함께 있는 모습을 보자 숨이 막히듯 가슴이 답답했다. 분명 이것은 사에키가—— 그녀의 본심은 아니었대도 내가 아닌 쿠와시마 선배를 선택한 그 보름의 시간 때문이리라. ……트라우마인가? 한심하다.

"그럼 간다. 유미즈키. 자세한 건 또 연락할게."

"네? 아, 네. 알겠어요."

잠시 상념에 빠졌던 나는 쿠와시마 선배가 이름을 불러 제정신을 차렸다. 나는 황급히 대답했다.

"키리도."

"네. 또 봬요."

사에키와 엇갈려 떠나가는 쿠와시마 선배를 나와 그녀가 바라보았다.

"자세한 게 뭐야?"

하지만 그것도 잠시, 사에키는 내 옆얼굴에 시선을 보냈다.

"나중에 말할게요."

"흐음."

그녀는 그대로 빤히 내 얼굴을 바라보았다.

"왜요?"

"응. 있잖아, 내가 이런 말을 하는 것도 좀 그렇지만——."

아주 살짝 말을 흐리더니,

"이제 어디에도 가지 않으니까. 나도 유미즈키 옆에 꼭 붙어 있을 거야."

놀라서 사에키를 바라보자 그녀는 조금 부끄러운 듯 미소를 지었다. ······이런이런, 완전히 간파했구나. 당해낼 수가 없다니까.

"이제 와서 그런 걱정은 안 해요. ······그럼 잠시 걸을까요?"

"아, 응."

대답도 듣지 않고 걸어가는 나를 따라오듯 사에키도 발을 내디뎠다.

잠시 교내를 산책할까. 그러면서 축제를 보러 가자는 이야기를 꺼내보자. 기뻐했으면 좋겠는데.

4.

주말에 문화제가 있는 이번 주 중반, 갑자기 유미에게 전화가 왔다.

본래부터 전화는 아무런 예고도 없이 갑자기 걸려오는 것이지만, 이 동생만은 어찌 된 일인지 느닷없는 느낌이 강하다. 신출귀몰하고, 나를 잘 따르는 건지 아닌지 도무지 판단이 되지 않기 때문일까?

시간은 밤 8시가 지났을 때였다.

조금 전까지 나는 방에서 공부를 했다. 아니나 다를까 중간고사에서 성적이 떨어져 기말고사에서 그것을 만회해야 했다. 다만 지금은 휴식 중이었다.

거실에서 한숨 돌리는데 전화가 울렸다.

사에키는 제 방에 있었다. 나는 단말기의 서브 액정을 보고 동생인 걸 확인한 뒤 받았다.

"여보세요?"

『나는 토순이야. 아빠는 보잘것없는 샐러리맨――.』

"아빠한테 혼납니다?"

자식 둘을 사립 학교에 보내는 부모님께 할 소리냐? 게다가 목소리 톤이 명백하게 '메리 씨의 전화' 괴담이다.

『그럼 다시 말하지――.』

"하지 말아요."

즉각 말렸다.

다시 말했다가는 다음에 뭐가 나올지 모른다.

"대체 무슨 일이죠?"

『오빠가 어떻게 지내나 하고.』

"제 부모님이십니까?"

동생에게 걱정을 끼치다니, 내가 그렇게 문제 있는 오빠인가?

『그럼 부모님을 바꿔줄게.』

"아니요. 안 바꿔줘도 돼요."

나는 유미의 말을 가로막듯 내 말을 포갰다.

다분히 문제였지.

"유미가 말해두세요. 이쪽은 딱히 변함없다고."

어쩐지 전화기 너머에서 유미가 고개를 끄덕이는 것을 알 수 있었다.

통화를 하면서 고개를 끄덕여 대답하는 것도 좀 그렇지만. 게다가 그것을 알아채다니 나는 역시 오빠인 모양이다. 과연 무엇을 두고 남매라 말할 수 있을까? 혈연일까, 함께 지낸 시간일까? 아니면 가족애의 정도일까?

『사에키 씨와도 문제없고?』

"그건 동생은 물론이거니와 부모님이 걱정할 일이 아니에요. 이쪽 문제예요."

불과 한 달쯤 전에 그런 일이 있었던 참이라 가슴이 철렁한 것도 사실이지만. 그러나 그건 이미 해결되었다.

『그런데 오빠. 사에키 씨에 대해서는 생각났어?』

"네?"

무슨 소리인지 몰라 나는 얼빠진 목소리를 냈다.

『그렇군. 보아하니 아직인가 보네. 사에키 씨도 아무 말 없고? 혹시 그쪽도 잊어버린 건가?』

말에 미소를 머금고 이쪽의 반응을 즐기듯 말했다. 쓸데 없이 신난 목소리였다. 내 동생은 이런 식으로 말하는 사람이었던가?

이런 것을 두고 뭐라고 하더라? 최근에 내 입으로 말했던 것 같다. 말 한마디로 사람의 운명을 농락한다······. 꿈의 주민? 아니다. 아, 팜므파탈이다.

"잠깐만요, 유미. 대체 무슨 말을──."

『그도 그렇게 오빠.』

이번에는 그녀가 내 말을 가로막았다.

『어렸을 때 사에키 씨와 만난 적 있잖아?』

§ § §

유미가 일방적으로 끊듯 통화를 마친 뒤, 나는 주방에서 머그컵에 커피를 따라 다시 내 좌식의자에 앉았다.

'내가 사에키와 만난 적이 있다고?'

설마. 놀리는 건가?

하지만 확실히 유미는 그렇게 말했다.

나는 커피를 마셔 카페인을 몸속에 넣으며 나의 과거를 더듬는 작업에 돌입——.

정신을 차리고 보니 기억 속에 서 있었다.

교복을 입고 걷고 있는 사람은 중학생 무렵의 나일까? 걷는 방향으로 보건대 등교하는 중인 모양이었다.

'아직 아무것도 모르던 무렵이로군…….'

얼굴을 보면 알 수 있다.

자조하듯 쓴웃음 지으며—— 하지만 지금은 관계없다며 단호히 선을 그었다.

그때 걸어가던 내가 멈춰섰다. 아니, 그게 아니다. 움직임이 멎었다. 그리고 다음 순간, 모든 것이 되감겼다. 아무래도 과거의 기억을 더듬는 중인 모양이었다.

나는 초등학교 6학년 때부터 시작하기로 했다.

졸업식은 어땠더라? 3학기에는 무슨 일이 있었지? 겨울방학은 어떤 식으로 보냈지? 2학기는? 초고속으로 되감기는 기억에 눈을 집중했다.

그리하여 초등학교 4학년까지 되돌아갔을 때였다.

여름방학, 나는 한 소녀와 만났다.

나이는 나와 비슷하거나 한 살 어린 정도. 일본인에게서 보기 드문 갈색 머리카락이 눈에 띄었다.

　그 여자애는 길가에서 손등과 손바닥으로 눈가를 비비며 울고 있었다.

　초등학생인 내가 말을 걸었다.

　"왜 그래?"

　얼굴을 든 그녀는 매우 예쁜 여자애였다. 정말로 외국인인가 했을 정도였다.

　하지만 그 예쁜 입에서 나온 말은 틀림없는 일본어였다. 듣자 하니 아버지의 일 때문에 1주일 정도 이 동네에 머무르는 모양인데, 온 지 얼마 되지 않아 길을 잃었다는 것이다. ──울면서 그렇게 설명해주었다.

　아무리 그래도 이 아이를 이대로 두고 갈 수도 없어서 나는 그녀의 부모님과 집을 찾아 주겠다며 손을 끌고 걷기 시작했다.

　뭔가 단서가 없을까 하고 열심히 힌트를 끌어내려 하자 그녀는 훌쩍이면서도 똑똑히 대답해주었다. 그리고 그것을 근거로 정처 없이 걸었다.

　"이름이 뭐야?"

　"……리카."

　내가 타이밍을 가늠하여 묻자, 본래부터 내성적인 모양인 그녀는 꺼질 듯한 목소리로 그렇게 대답했다. 그것이 이름인 모양이었다.

그리하여 변변찮은 데다 빈약한 단서에 따라 걸어 다니기를 수십 분.

"아, 엄마!"

갑자기 그녀—— 리카가 뛰어갔다.

정면에는 성인 여성이 있었다. 아무래도 그녀의 어머니인 모양이었다. 리카는 어머니에게 안겨 엉엉 울기 시작했다. 익숙지 않은 동네에서 길을 잃었으니 무리도 아니다. 많이 불안했을 것이다. 보아하니 한동안 울음이 그칠 것 같지 않았다.

하지만 무사히 그녀를 어머니에게 데려다준 것은 확실했다. 정말 잘 됐다며 나는 온 길을 되돌아갔다.

그다음 날의 일이었다.

밖을 걷던 내 셔츠를 누군가가 뒤에서 꽉 움켜잡았다. 나는 돌아보았다. 그러자 그곳에는 어제 그 여자애—— 리카가 있었다.

그녀는 아무 말도 하지 않았다. 부끄러운 듯 고개를 숙였을 뿐이었다. 하지만 셔츠를 잡은 손은 놓으려 하지 않았다.

나는 금세 알아챘다. 이방인인 그녀는 이곳에 친구가 없는 것이다. 그러던 때에 만난 사람이 나라는 건가?

이날부터 나와 그녀의 짧은 인연이 시작되었다.

'뭘 하며 놀았더라……?'

장면이 바뀌었다.

그때의 나는 자전거 위에 앉아 있었다. 옆에는 리카의 모습도 있었다.

"못 타?"

그녀가 자전거를 타지 못한다기에 내가 무심결에 되묻자 고개를 끄덕였다. 진짜인가? 하지만 생각해 보면 나는 같은 반 학생이 자전거를 탈 수 있는지 없는지 몰랐다. 의외로 이 또래의 여자애는 아직 타지 못하는지도 모르겠다.

별생각 없이 자전거를 타고 약속 장소에 왔는데 뜻밖의 전개였다.

"타 볼래?"

"……됐어."

늘 그렇듯 내성적인 그녀는 소극적으로 고개를 가로저었다. 하지만 자전거에는 흥미가 있는 모양이었다. 그 눈은 내가 올라탄 애마에 향해 있었다.

"그럼 뒤에 탈래?"

"그래도 돼?"

아니나 다를까 리카는 눈을 빛내며 제안을 덥석 물었다.

이내 나는 그녀를 태우고 달렸다. 리카는 몹시 마음에 들었는지 뒤에 앉아 보기 드물게 조금 들떴다.

나도 남자다. 여자애, 게다가 특출나게 귀여운 여자애가 기뻐하니 나도 기뻤다. 더 기뻐하도록 온 동네를 달렸다.

하지만 그게 잘못이었다.

흥이 나서 언덕길을 맹렬히 내려가던 도중에 크게 넘어지고 말았다. 아뿔싸, 리카는 어떻게 됐지, 하고 상황을 확인하자 그녀는 저 멀리 앞에서 언덕을 굴렀고 놀란 개가 그녀에게 짖고 있었다.

다행히 둘 다 큰 상처는 없었다.

이번에는 다른 날이었다.

그날, 나는 엄마에게 집을 봐달라는 당부를 받아 리카에게 그런 뜻을 전했다.

"미안해. 오늘은 못 놀아."

내가 그렇게 말하자 그녀는 매우 슬픈 표정을 지었다. 알았다고 말할 수는 없지만, 싫다고도 말할 수 없었으리라.

그런 표정을 짓게 한 데 죄책감이 들었지만, 나도 얼른 집으로 돌아가야 했다. 하늘을 보니 날씨도 조금 수상했다.

"그럼 그렇게 알아."

그렇게 말하고 도망치듯 등을 돌리자 그녀는 요전번처럼 내 셔츠 자락을 잡았다. 놓을 생각이 없어 보였다. 억지로 뿌리치고 갈 수도 있기는 하지만, 그러면 이 동네에 나밖에 친구가 없는 리카는 계속 이곳에서 움직이지 않고 있을 것 같았다.

"그럼 우리 집으로 갈래?"

"응!"

리카는 희색이 가득한 얼굴로 고개를 끄덕였다.

그녀를 데리고 집으로 돌아가자마자 비가 쏟아지기 시작했다. 간발의 차이였다.

나는 여자애를 집에 부른 적이 없었기에 어떻게 시간을 보내면 좋을지 몰랐지만, 이런저런 두서없는 이야기를 하다 보니 시간은 흘러갔다.

한편, 바깥의 비는 점차 거세졌고── 몸을 뒤흔드는 듯한 굉음이 울려 퍼졌다. 천둥이 친 것이다.

"꺅."

작은 비명이 들렸다. 리카였다.

"천둥이 무서워?"

"……무섭지 않아."

딱히 웃을 생각도 놀릴 생각도 없었지만, 리카는 명백히 허세를 부리는 태도로 그렇게 말했다.

또 천둥이 쳤다.

"히익."

이번에는 조금 약한 비명이었다.

역시 싫어하는구나, 하고 리카를 보자 그녀도 그 시선을 알아챘는지 아무렇지도 않은 척을 하려고 자세를 고쳤다. 하지만 고쳐앉은 뒤, 어찌 된 영문인지 엉덩이 하나만큼 내 쪽으로 다가왔다.

왜 그런 허세를 부릴까?

리카가 내게 몸을 바싹 붙이기까지 그리 많은 시간은 걸리지 않았다. 물론 마지막까지 "……무섭지 않아"라고 주장했다.

모두 기억이 나는 에피소드였다.

단, 내 기억 속에 있는 사람은 리카가 아니라 친동생인 유미였다.

리카가 누구지?

그녀가 바로 사에키라는 건가?

만약에 말이다. 만약에 내성적인 그녀가 자기 이름을 말했을 때, 울던 중이기도 했고 처음 만난 나와 이야기하는 데 긴장하여 첫음절이 제대로 나오지 않았다면? 그것은 '키리카'가 아니라 '리카'라고 들리지 않았을까?

'그럼 나는 정말로 어렸을 때 사에키와 만났나……?'

그리고 어린 시절의, 게다가 단 1주일의 에피소드였기 때문에 잊고 있었던 건가? 그럼 왜 사에키는 아무 말도 하지 않지? 그녀도 나처럼 잊어버렸나?

나는 아직도 흘러가는 어린 시절의 나와 리카의 영상을 보며 생각했고——.

"그럴 리가 없겠죠?"

순간, 그 영상은 유리처럼 산산이 조각났다.

흩어지는 파편을 돌아보았다.

그러자 그곳에는 아니나 다를까 **그녀**가 있었다.

새카만 고딕 롤리타 의상을 입고, 처음 본 것도 같고 어딘가에서 만난 적이 있는 것도 같은, 어른으로도 소녀로도 보이는 그녀—— 검은 앨리스.

"사에키는 내성적인 성격도 아니고, 천둥도 무서워하지 않아요."

생각해 보면 당연한 얘기다. 유감스럽게도 사에키는 그렇게 깜찍한 성격이 아니다. 본인이 들으면 화를 내겠지만.

"게다가 말이죠. 가령 지금 본 것이 제가 잊고 있던 기억이라면—— 그럼 유미와의 추억은 어디로 가는 거죠?"

그렇다. 무엇보다 중요한 것이 그 점이다. 밀려난 유미와의 추억은 어디로 가는 거지? 내가 날조된 기억을 받아들인 순간, 유미가 어딘가로 가버릴 것만 같은 기분이 들었다.

하지만 나의 추궁에도 그녀는 수상쩍게 미소 지을 뿐이었다.

"당신은 유미를 어디로 보낼 셈이죠?"

"유감이네. 전부 그녀에게 떠넘기고 어딘가로 가버릴 셈이었는데. 실패야."

마침내 목소리를 내더니 키득키득 예쁘게 웃었다.

"그건 대체 무슨 뜻이죠?"

"글쎄?"

그녀는 웃으며 얼버무렸다.

"언젠가 알게 될 거야."

그 말에 나는 확신했다.

분명 알아차렸을 때는 이미 늦을 것이라고.

"오늘은 여기까지야."

그 말을 마지막으로 그녀가 사라지고──.

§ § §

나는 거기서 눈을 떴다.

거실이었다. 아무래도 좌식의자에 앉은 채 졸았던 모양이다.

그래서인지 또 묘한 꿈을 꾸고 말았다.

보르헤스가 말하기를 "이 세계가 그 자체로 미궁인데 또 미궁을 지을 필요는 없다"──라고 했던가? 오래된 미스터리를 통해서만 접해서 정확하지는 않지만.

꿈에서 등장한 인물 중 한 명은 슬슬 단골 캐릭터가 되고 있다. 앞으로도 오래 알고 지낼 듯한 예감이 들었다.

그리고 또 한 명은――.

"키리카지……?"

왜 나와 사에키가 어렸을 때 만난 꿈을 꿨을까?

내가 생각해도 피로감이 가득한 한숨을 한 번 쉬었다.

그리고 테이블 위의 진즉에 차가워졌을 커피를 마시고자 머그컵에 손을 뻗으려는데,

"불렀어?"

"윽?!"

옆을 향한 사에키의 얼굴이 불쑥 끼어들었다.

"……언제부터 거기 있었죠?"

나는 마음속의 동요를 감추며 커피를 한 모금 마셨다. 역시 차갑게 식어 있었다.

"조금 전부터?"

"깨워주세요."

"아니. 피곤해 보여서."

피곤한 건 사실이지만, 다른 사람 앞에서 조는 것도 보기 좋은 모습은 아니다. 게다가 깨웠으면 그렇게 영문 모를 꿈도 꾸지 않았을 텐데. ……뭐, 벌써 반 이상은 잊어버렸지만.

침묵.

정말 불편했다. 나는 그 불편함을 떨치고자 조용히 컵을

입으로 옮겼다.

　이윽고 사에키가 한마디를 툭 내뱉었다.

　"……키리카."

　"……."

　역시 들었구나.

　"그렇게 부르고 싶으면 말을 하지."

　사에키는 히죽히죽 웃었다.

　"그런 생각으로 말한 게 아니에요."

　그럼 무슨 생각이었냐고 물으면 그것도 설명하기 어렵지만.

　"그럼 계속 이렇게 부를 거야?"

　확실히 그럴 수…… 있을지 없을지 판단이 서지 않는다.

　사귀는 사이이니 적당한 호칭이 있을지도 모르지만, 딱히 부부도 아니니 지금 이대로도 문제는 없지 않을까?

　"그럼 이렇게 하자."

　사에키가 테이블에 몸을 내밀며 제안했다.

　"일단 문화제 동안만 시험해보는 거야."

사에키와
한 지붕 아래

에피소드

"싫지 않잖아?"라고
친구는 말했다

'll have Sherbet

종례가 끝나고 여기저기서 작별 인사의 합창과 함께 학교에서의 하루가 마무리되었다.

하굣길에 역 앞의 슈퍼에 들러야지—— 하고 나는 고등학생답지 않은 생각을 했다. 기본적으로는 주말에 유미즈키와 함께 장 보러 가서 잔뜩 사 오지만, 역시 중간중간 부족한 것이 생긴다. 그래서 1주일에 몇 번은 하굣길에 슈퍼에 들르곤 한다.

그 밖에는 달리 약속이 생기느냐에 따라 다르지만.

"키리카."

내 이름을 부르며 책상 사이를 누비듯 달려온 사람은 같은 반의 절친이자 곱슬곱슬한 쇼트 헤어가 특징인 사쿠라이 쿄코—— 오쿄였다.

"컴퓨터실에 가자, 컴퓨터실."

그녀는 그렇게 말했다.

사립 미즈노모리 고등학교에는 방과 후에 개방되는 컴퓨터실이 있어서 자유롭게 컴퓨터를 이용할 수 있다.

단, 이용하는 학생은 슬프리만큼 적다.

학교답게 강한 필터링이 적용되는 데다 개별 ID로 로그인을 하는데 그로 인해 열람 이력을 학교 측에서 알 수 있다는 게 주된 이유다.

그리고 무엇보다 요즘 고등학생에게는 휴대용 단말기가 있다. 굳이 그렇게 제한이 많은 학교 컴퓨터를 이용하지 않아도 단말기를 쓰면 된다. 이점이 있다면 돈이 들지 않는다는 것과 여럿이서 시끌벅적하게 볼 수 있다는 정도일 것이다.

그렇지만 우리는 이따금 그곳을 이용한다. 이치노미야의 고가다리 밑 정보 사이트를 보거나 청소년을 타깃으로 한 브랜드의 아이템 입고 상황을 알아보거나. 여기서 알아보고 이치노미야로 직행한 적도 있다. 실로 건전하다.

아니나 다를까 컴퓨터실에는 아무도 없어서 우리가 첫 번째 이용자였다. 출입구에서 먼 창가 자리의 컴퓨터를 쓰기로 했다. 모니터의 정면에는 오쿄가 자리를 잡고, 나는 옆에 있는 의자를 끌고 와 그곳에 앉았다.

"키리카한테 보여주고 싶은 게 있어."

그녀는 신나게 말하고 이미 외운 ID와 비밀번호를 익숙하게 쳤다.

이윽고 컴퓨터가 기동했고, 데스크톱에 있는 브라우저의 아이콘을 더블클릭했다. 나아가 주소창에 집에서 가져온 모양인 메모를 보며 URL을 입력했다.

"오, 안 걸렸어."

"안 걸렸다니, 대체 뭘 보려는 건데?"

짐작건대 필터링에 걸릴지도 모르는 사이트일 테지만.

학생들은 학교가 열람 상황이나 이력을 일일이 확인한다고 여기지만, 오쿄가 이렇게 '필터링에는 걸리지 않지만, 발각되면 혼쭐이 날 법한 사이트'에서 치킨 레이스를 한 덕분에 확인이 제법 느슨하다는 것을 최근에 깨달았다.

오늘은 뭘 볼 셈일까?

"음, 어디 보자……. 섹시——."

나는 중간에 읽기를 그만두었다.

그곳은 섹시한 속옷과 코스프레 의상을 판매하는 온라인 몰이었다. 이 경우의 코스프레란, 애니메이션이나 게임 속 캐릭터의 의상을 입는 것이 아니라 본래 의미의 코스튬 플레이다.

"학교에서 보통 이런 걸 보니?"

나는 진저리치며 머리를 감쌌다. 그러자 오쿄는 "필터링되지 않았으니 괜찮잖아?"라고 대답했다. 그렇게 해석해도 괜찮을까?

"오쿄, 이런 거 좋아하는구나?"

"너도 싫지 않잖아?"

"뭐 그렇지."

아니, 오히려 좋아하는 편이다. 크게 관심이 있다.

그런고로 건전한 두 여고생은 모니터를 뚫어지게 쳐다보았다.

"청초한 여고생 룩?"

이런 건 많이 위험하지않나?

"나왔다. 소악마 스타일의 간호사!"

"이렇게 가터벨트를 훤히 드러낸 간호사가 어디 있어."

"이건 그냥 짧은 하얀색 원피스잖아?"

이건 이것대로 귀여울지도 모르겠다.

"이건 가슴이 깊게 파여서 크지 않으면 안 어울릴 것 같아. 나도 최소한 키리카 정도는 되고 싶다."

그런 것 때문에 팔꿈치로 찌르지 마. 네가 빈약한 거잖아.

"역시 정석은 메이드려나?"

"'어서 오세요, 주인님'?"

"오오, 상황을 중시하는군?!"

뭐래니.

"그런데——."

하고 오쿄가 아이템 화면을 클릭하던 손을 멈추고 비밀 이야기라도 하듯 얼굴을 들이댔다. 아직 우리 둘뿐이라 그렇게 할 필요는 없을 것 같은데.

"유미즈키랑은 어때?"

"어떠냐니?"

"진도가 어디까지 나갔냐고."

그런 뜻이구나.

"키스는? 했어?"

"그건, 했어……."

"오오. 그럼 그다음은?"

"뭐……?"

그다음이라니…….

"그, 그건 아직, 인데……."

과연 이건 어떤 대답을 하든 얼굴이 뜨거워진다.

"그렇구나. 그것도 건전하다, 건전해."

그리고 오쿄는 내 대답에 토를 달지 않았다.

그것도 건전하다니, 달리 뭐가 또 건전하다는 걸까? 아니, 말하지 않아도 알 수 있지만.

"그럼──."

아직 더 남았나?

오쿄는 일단 모니터를 보며 마우스를 쥐었지만, 뭔가가 떠오른 듯 다시 내게 몸을 들이댔다.

"스킨십하며 애정 행각은?"

"그, 그건, 조금 있으, 려나……?"

여름에 있었던 일은 아직 생생하게 기억난다. 그것은 충격적이었다.

"어떤 건데? 뒤에서 안고 네 귀를 깨물었다거나?"

유미즈키에게 그런 짓을 당하면 한동안 서 있지 못할 것 같다.

"어머, 대체 어떤 짓을 당한 걸까? 키리카도 참, 야하기도 하지!"

"시끄러워."

자기가 물었으면서.

웃으며 컴퓨터를 향한 오쿄의 등에 나는 어깨를 쿵 부딪쳤다.

"아, 이건 어때? 곧 크리스마스잖아."

"음~ 뭔데?"

아무래도 또 찾은 모양이라 나도 화면에 주목했다.

그곳에는 크리스마스 컬러인 빨간색과 하얀색이 어우러진 미니 원피스가 있었다. 요컨대 미니스커트 산타.

"하지만 이건 너무 외설스럽지 않아?"

길이가 짧아서 살짝만 움직여도 보일 것 같다.

"그래서 좋은 거지. 그걸 반영한 거야. 그러면 아래를 어떻게 할지 생각해야 하지만…… 괜찮아. 너는 평소대로 하면 충분해."

"꺅."

갑자기 오쿄가 비어 있는 왼손으로 치마를 걷어 올렸기에 나는 무심결에 짧게 비명을 질렀다. 하지만 그녀의 눈은 여전히 모니터를 향한 채 전혀 이쪽을 보지 않았다. 어디에 화를 내면 좋을지 모른 나는 뺨을 부풀리며 치맛자락을 정돈했다.

"크리스마스 밤에 네가 이걸 입으면 설령 유미즈키라도 한 방에 끝이야."

"처음인데 그렇게 힘이 들어가면 어떡해……."

이것에 덤벼든다면 그건 그것대로 유미즈키를 다시 보게 될 텐데.

진지하게 말해서 유미즈키는 아빠에게 신뢰받고 있고, 그도 그것을 알고 있으니 '아빠가 바라는' '고등학생다운 교제'를 마음에 새긴 것 같다. 그걸 건드려보는 것도 재미있겠지만, 적당히 해야 한다.

내가 그런 생각을 하는데,

"아, 그렇구나."

오쿄가 여전히 웃는 얼굴로 화면을 보며 고개를 끄덕였다. 또 뭔가 재미있는 아이템이라도 발견했나?

"키리카는 확실히 유미즈키에게 돌아갔구나? 학교 축제 때 많은 일이 있는 모양이라 걱정했는데, 응, 잘됐어!"

"……미안해. 걱정했지? 하지만 이제 괜찮아."

나는 반에서 가장 친한 친구의 어깨에 이마를 턱 얹었다.

"그런데 키리카, 이 URL 메모 필요해?"

"필요해."

즉답했다.

집에 가면 방에 있는 컴퓨터로 천천히 확인해보자. 미니스커트 산타와 소악마 스타일의 간호사는 살펴봐야겠다고 생각했다.

사에키와
한 지붕 아래

사에키와
한 지붕 아래

제2장

"집에 가서 계속할까?"라고
그녀는 말했다

'll have Sherbet

1.

문화의 날인 11월 3일이 있는 주의 토요일에는 사립 미즈노모리 고등학교에서 문화제가 열린다.

9월에 학교 축제를 연 참인데 바쁘기도 하다. 이왕이면 일정을 더 떨어뜨리면 좋겠지만, 실제로 우리 학교의 문화제는 축제와 동급으로 여겨지는 세간의 문화제와는 전혀 달리 정말 심심하다.

다만 시끌벅적할 뿐인 지난 축제와는 달리 문화제는 기본적으로 문화 관련 클럽의 성과를 발표하는 장으로 자리매김했다.

그래도 체육관의 무대에서는 연극부나 취주악부가 차례로 공연을 펼치고, 옥외 무대에서는 경음악부가 연주하거나 실행위원회의 이벤트도 열리기에 그럭저럭 축제 분위기는 난다. 그리고 운동부도 제법 폭주한다. ……미즈노모리는 전국적으로도 유명한 진학교일 터인데. 진학교든 운동 강호교든 그런 기질은 공통적일지도 모르겠다.

오늘의 등교 시간은 평소보다 조금 늦다.

9시에 등교하여 출결을 확인한 뒤, 나머지는 각자 마음껏 구경해도 된다. 3학년은 수험을 앞두었기에 자유롭게 참가하면 된다.

본래대로라면 정오 무렵에는 집에 돌아갈 수 있을 것을

오후 3시까지 묶여 있어야 하니 사람에 따라서는 고통스러울지도 모르지만, 오늘 하루 자유롭게 행동하고 월요일에는 대체 휴일이니 그럭저럭 이득일 것이다. 게다가 처음에는 지루하지만, 일단 시작되면 의외로 즐길 만하다. 작년의 내가 그랬다. 대체 뭘 보면 좋을까 했지만, 타키자와와 스즈메 등 몇몇 반 친구와 함께 구경하다 보니 그럭저럭 의미 있는 시간을 보낼 수 있었다.

그런 작년의 나와는 달리 이미 즐길 마음이 가득한 사에키였다.

오늘은 평소보다 늦게 등교하지만, 두어 시간 크게 다른 게 아니라 실제로는 미미한 차이였기에 기상 시간은 평소와 같았다. 그만큼 느긋하게 준비할 수 있어서 사에키는 여유롭게 아침 치 집안일을 했다.

지금은 콧노래를 부르며 빨래를 널고 있었다.

"꽤 들떠 보이네요."

"응. 문화제가 기대되거든."

즉각 대답이 돌아왔다. 그만큼 정말로 기대한다는 뜻이리라.

"게다가 오늘은 빅 이벤트가 있어."

그녀가 기쁜 듯 덧붙였다.

그게 뭐냐고 사에키에게 물을 수도 없어서 나는 모르는

척을 했다.

뭐, 어떻게든 되겠지.

익숙해지는 것이 중요하다.

§ § §

때를 가늠하여 집을 나섰다.

"혹시 꼭 봐야 할 게 있어?"

학교로 걸으며 사에키가 물었다.

"우리 학교의 명물이라고 말할 수 있는 게 몇 가지 있지
만, 너무 깊게 생각하지 말고 마음껏 구경하는 게 좋지 않
을까요?"

"그래. 그러네."

축제나 문화제는 계획적으로 구경하는 것이 아니다. 발
길 닿는 대로 봐도 충분하다. 연극부가 게릴라식으로 복도
에서 촌극을 하기도 해서 운 좋게 그런 것을 보게 되면 실
로 유쾌하다. 오히려 그 게릴라 행위 자체가 명물이라고
말할 수 있으리라.

"있잖아."

사에키가 말했다.

"오늘 같이 구경하는 거지?"

"뭐, 그렇게 되겠지요."

실제로 그런 합의는 하지 않았다. 하지만 서로가 막연히

그런 생각을 하고 있었을 것이다. 암묵적 합의라는 것이다.

언급할 생각은 없지만, 축제 사건 덧쓰기 제1탄이다.

"음~ 어째 의욕이 없어 보여……."

하지만 내 말투가 마음에 들지 않았는지 사에키는 눈을 가늘게 뜨고 나를 보았다.

"그럴 리가 없잖아요."

솔직히 말하자면, 그러기에는 마음이 무거울 이유가 없지는 않다. 그것이 사에키에게도 전해졌으리라.

나는 화제를 돌렸다.

"사에키는 따로 일정이 없나요? 사쿠라이와 같이 구경하러 간다거나?"

"오쿄는 됐어."

그렇게 말한 사에키는 아, 하고 작게 소리 냈다.

"저기, 딱히 오쿄를 내팽개치는 게 아니야. 오쿄와는 그렇게 이야기가 됐거든."

마치 변명처럼 그렇게 말을 늘어놓았다. 얼마 전의 한때, 그녀 자신의 불안 때문에 모든 일에 내가 최우선이 된 적이 있어서 이번에는 그게 아니라고 말하고 싶었기 때문이리라.

"그럼 됐어요."

그런 이야기를 하는 사이에 학교에 도착하여 교문을 지났다. ——여기서부터는 두말할 나위 없이 학교다. 하지만 아직 괜찮을 것이다. 문화제는 9시에 열린다.

"그런데 어디서 합류할까요?"

우선은 교실에서 출결을 확인하고, 그 뒤에는 자유롭게 활동하면 된다.

"제가 사에키의 교실까지 데리러 갈까요?"

"아, 그럼 그렇게 해줄래?"

결정되었다.

"나는 교실에서 기다릴게."

사에키는 당부하듯 힘주어 말했다.

과연 그것은 의식한 것일까, 무의식적으로 한 말일까? 분명 9월의 축제 때 생긴 일이 머리에 있었기 때문일 것이다. 그때는 내가 교실까지 데리러 가도 사에키는 없었고, 결국 그게 끝이었다.

승강구로 들어가 실내화로 갈아신기 위해 일단 헤어졌다.

재차 합류한 뒤 다시 함께 걷기 시작했다. 계단을 올라 2층으로 갔다. 우리 교실은 이 층이고 사에키는 한 층 위다.

"그런데──."

헤어질 때 사에키가 말을 꺼냈다.

"유미즈키에게 문화제는 9시부터구나?"

내 마음을 훤히 들여다본 듯한 지적이었다.

"제 생각이 아니더라도 문화제는 9시부터예요. 더 자세히 말하자면 실행위원의 개최 선언이 있은 뒤부터죠. 그런 사에키도 아직 규칙이 적용되지 않았잖아요?"

"나는 유미즈키에게 맞출 뿐이야. ……쓸데없는 시간 벌이라고 생각하지만. 10분 정도밖에 차이 나지 않고."

그녀는 히죽히죽 웃었다. 이론을 앞세우며 융통성 없는 나의 모습이 유쾌하기 그지없는 모양이었다. 아니면 이다음에 있을 일이 기대되는 건가?

뭐라고 하든 좋다. 뭐, 나도 같은 의견이지만.

사에키와 헤어져 교실로 들어갔다.

너무 여유를 부렸는지 시간은 9시 5분 전이었다. 반 친구들은 거의 모두가 이미 등교한 모양이었다. 그런 것치고는 비교적 존재감 있는 두 사람의 모습이 보이지 않았다.

내 자리에 눈길을 보내자 그곳에서는 호류와 야가미가 이야기를 나누고 있었다. 호류는 당당하게 내 자리에 앉아 있었다.

"안녕하세요? 야가미, 호류."

"안녕? 유키츠구."

"아, 유미즈키. 왔어?"

다가가서 말을 걸자 두 사람은 각각 지극히 일상적인 인사를 건넸다.

"아침부터 무슨 이야기 중인가요?"

나는 책상에 가방을 내려두며 물었다.

그런데도 호류는 자리에서 일어날 기색이 없었다. 과연

호류 미유키다.

"오늘 일정 회의."

그렇군. 두 사람은 모두 문예부다. 그렇다면 호류와 야가미의 조합도 납득할 수 있다.

"문예부에서는 뭘 하나요?"

"응, 문예부 잡지 판매."

야가미가 말했다.

"한 부에 200엔이야. 유키츠구에게는 두 부는 팔 거야."

"친구 할인되나요?"

"그럼 다섯 부."

악랄하게 장사하는 것처럼 보이는 건 기분 탓일까?

"대체 몇 부를 찍었는데요?"

"100부."

나는 그 숫자가 고등학교 부활동치고 많은지 적은지 판단이 되지 않았다.

나는 야가미를 보았다.

"숫자가 좀 큰가?"

그는 조금 곤란한 듯 그렇게 말했다.

이 모습을 보아하니 100이라는 수를 제안한 건 호류겠구나. 그리고 책임지고 판매에도 힘을 실은 것이다. 하지만 이런 것은 한 명에게 몇 부씩 떠맡기면 의미가 없지 않을까? 많은 사람이 읽어야 가치가 있을 것 같다.

"그런데 타키자와와 스즈메가 없네요."

대강 보니 대부분의 반 친구가 모여 있는 것 같은데 그 두 사람의 모습이 보이지 않았다.

"타키자와는 학생회 부회장이니까, 오늘은 운영회 쪽에 있을 거야."

야가미가 그렇게 가르쳐주었다.

문화제에는 문화제 실행위원이 있지만, 학생회도 그들을 도울 것이다.

"나츠코도 그래. 반장이잖아."

스즈메의 행방은 호류가 대답해주었다.

반장은 학생회만큼 강제적으로 동원된 것은 아니겠지만, 나츠코에게는 나츠코의 생각이 있어서 봉사 활동을 하는 것이리라.

"아무래도 한가한 건 저뿐인 모양이네요."

나도 모르게 자조했다.

"어머, 유키츠구도 나름대로 바쁘지 않아?"

"약속이 있는 건 확실하지만요."

거기서 담임 선생님인 카모 선생님이 들어왔다. 오늘은 종이 치지 않는 모양이다.

그 모습을 본 호류가 마침내 일어났다.

"그럼 그것에 집중해."

대강의 사정을 아는 호류는 타이르듯 내게 그렇게 말하고 자기 자리로 돌아갔다.

모두가 자리에 앉자 카모 선생님은 오늘 행사의 흐름을

설명하고 주의를 주었다.

이윽고.

『곧 미즈노모리 고등학교 문화제를 개최하겠습니다. 학
생 여러분께서는 소정의 장소로 이동해 주십시오.』

교내 방송이 나왔다.

목소리를 듣자 하니 우리 반 반장인 스즈메일 것이다.
그 또랑또랑한 목소리와 말투는 방송에 잘 어울린다.

이 경우에 소정의 위치는, 발표를 할 예정이거나 간이
가게가 있는 클럽에 소속된 학생은 그곳으로, 그 외의 학
생은 그 자리에서 대기하라는 뜻이다.

이렇게 문화제가 시작되었다.

2.

교실을 나와서 복도를 걸었다.

창문을 통해 밑을 보니 안뜰에는 간이 가게가 즐비했다.
저 가게는 운동부가 열었을까? 딱히 발표할 게 없는 문화
계열 클럽일까?

나중에 보러 가자고 생각하며 나는 일단 사에키네 교실
로 향했다.

그곳에 도착하자 때마침 사쿠라이가 몇 명의 반 친구와

함께 교실에서 나오는 참이었다. 그 사이에 사에키는 없는 모양이었다. 그 대신 하마나카가 있었다. 그는 나를 보더니 흥 하고 콧방귀를 뀌며 지나갔다.

사쿠라이를 붙잡아 말을 걸었다.

"아아, 사쿠라이, 사에키는 있나요?"

"아, 유미즈키 선배. 저기, 키리카는……."

그녀가 돌아보며 교실 안을 둘러보았고.

"……다시."

"윽?!"

"히익?!"

갑자기 사에키가 불쑥 나타났다.

그리고 실눈을 뜬 채 그 말만을 하고 재차 안에 틀어박혔다. 얼굴을 반만 내밀고 문에 몸을 숨긴 채 빤히 이쪽을 살핀다.

나와 사쿠라이는 어안이 벙벙했다.

"저건 뭘까요?"

사쿠라이는 알 수 없겠지. ……별수 없다. 다시 시작하자. 개최 선언이 신호탄이라며 쓸데없이 시간을 번 것은 다름 아닌 나 자신이다. 게다가 사에키도 지켜보고 있다.

나는 한숨을 한 번 쉬었다.

그리고 각오를 다졌다.

"사쿠라이, 키리카는 있나요?"

"네, 네에?"

사쿠라이는 이번엔 입을 떡 벌렸다.

그런 그녀를 무시하고 사에키가 다시 뛰어나왔다.

"네네~에. 불렀어? 그럼 유키, 갈까?"

일단 문화제가 열리는 동안에는 이렇게 가기로 했다. 어제 결정한 일이다. 내일 이후에도 이어갈지는 신만이 알고 계신다.

"야~아, 하마나카~."

갑자기 얼음 상태에서 깨어난 사쿠라이는 조금 떨어진 곳에서 기다리는 일행에게 소리를 높였다.

이름이 불린 하마나카가 되돌아왔다.

"왜, 사쿠라——."

"타앗."

"아얏."

사쿠라이는 어슬렁어슬렁 다가온 하마나카의 엉덩이를 갑자기 걷어찼다. 그래 봐야 여자애이니 그다지 아프지는 않았겠지만, 너무 갑작스러워서 그의 입에서 비명이 나왔다.

"뭐 하는 거야?!"

"자, 가도 돼. 이제 됐으니 저리 가."

정말 막무가내였다. 분명 그녀의 마음속에 뭔가 주체할 수 없는 감정이 있었으리라.

사쿠라이는 이쪽을 보고 멈춰 섰다.

"여러 가지 사정이 있어서요."

"죄송해요. 이럴 때 어떤 표정을 지으면 좋을지……."

"활짝 웃으며 말하지 말아요."

하마나카를 걷어찼을 때부터 히죽거리고 있다.

"그럼 오쿄. 전에 말한 대로 오늘은 유키랑 같이 구경할 거야."

"그래. 뜨겁구나. 마음껏 구경해. 늦지 않게 돌아오고."

사쿠라이는 그렇게 말하며 흔쾌히 우리를 보내주었다.

§ § §

"저기, 유키, 어디부터 볼까?"

복도를 걸으며 사전에 받은 팸플릿을 한 손에 든 사에키가 물었다.

문화제의 메인은 특별교실이 모인 건물과 무대가 있는 체육관, 그리고 운동장에 설치된 야외무대다. 안뜰의 간이가게는 문화제를 즐긴다는 측면에서는 일단 미뤄둬도 된다.

"유키는 가고 싶은 곳이 있어?"

"……제 이름을 연호하지 말아주세요."

아는 사람이 들으면 의문을 느낄 것이다.

"유감스럽지만, 유키가 내 이름을 부르지 않는 만큼 내가 부르는 시스템인뎁쇼."

결국 내가 사에키의 이름을 부르면 부를수록 내 이름은 불리지 않는 건가? 최소한으로 억제하고 싶으면 내가 연호하면 되지만, 아마 그것도 불가능할 것 같으니 자연스레 비슷한 양으로 귀결되는 것이다. 잘 만들어진 시스템이로군.

"알겠어요, 키리카. 제가 가고 싶은 곳은 한 곳뿐이에요. 딱히 시간이 한정된 건 아니니 한동안은 여기저기 구경할까요?"

"응, 알았어."

그리하여 우리의 문화제가 본격적으로 시작되었다.

우선은 특별교실이 모인 건물.

이쪽은 기본적으로 전시가 메인이다. 미술실에는 미술부원이 그림을 장식해 두었다. 그중에는 한층 더 눈에 띄는 곳에 콩쿠르에서 입상한 작품이 놓여 있기도 했다.

예법실에는 서예부의 작품이 있었다. 나는 초등학생 때 경필(硬筆) 서예를 배워서 그럭저럭 깔끔하게 글씨를 쓰는 편이라고 자부하지만, 모필(毛筆) 서예는 전혀 모른다. 그 때문인지 서예부원의 아름다운 글씨에는 진심으로 감탄했다.

공작실에서는 전기공작부가 상대를 쓰러뜨리면 이긴다는 규칙으로 로봇끼리 싸움을 붙이고 있었다. 남자로서는 이런 것에 로망을 느끼지만, 옆에 있는 사에키가 지루해했기에 이곳은 재빨리 나가기로 했다.

그 밖에도 시청각실에서는 영화연구회가 직접 제작한 영화를 상영한 모양이지만, 유감스럽게도 시간이 맞지 않아서 패스했다.

"저기, 유키, 이왕이면 손도 잡을까?"

학교 건물을 도는데 사에키가 신나서 말했다.

"그건 좀 봐주세요."

"칫~."

사에키는 입을 삐죽 내밀었지만, 딱히 그것을 고집할 생각은 없어 보였다. 다시 얼굴을 앞으로 돌렸다.

이미 몇 명의 아는 사람과 만났고 우리의 대화를 들었다. 그때마다 깜짝 놀라거나 히죽거렸다. 학교에 다니는 동안 계속 언급될 이야깃거리를 더 이상 늘리고 싶지 않았다.

바로 그때 앞에서 유도복으로 보이는 도복을 입은 두 사람이 달려왔다. 머리 위에는 매트 한 장을 들고 있었다. 둘이서 매트를 옮기고 있나? 그런 것치고는 달리는 기세가 맹렬하다.

그들은 순식간에 지나갔다. 뭐였나 하고 생각하며 다시 앞을 보자 이번에는 여학생 한 명이 달려오는 참이었다. 스즈메였다.

그녀는 우리의 모습을 보고 서서히 달리는 속도를 줄여 눈앞에서 멈추었다.

"아아, 놓쳤네……."

숨을 헐떡이며 분한 듯 내뱉었다.

"무슨 일이에요?"

"유도부야. 유도부가 복도에서 메치기 기술을 시연하기 시작했어."

그렇군. 그걸 발견한 스즈메가 쫓고있던 거구나. ……올해도 운동부는 물불을 가리지 않네.

"고생이 많네요."

"내 말이. 유미즈키도 뭔가 보면 알려줘."

스즈메는 분노를 훤히 드러내며 그렇게 말하더니 거친 걸음걸이로 떠나갔다.

"……방금 그건 뭐야?"

"우리 학교의 명물인 게릴라 퍼포먼스예요."

나는 멍하니 묻는 사에키에게 대답했다. 신입생인 사에키로서는 당연한 반응이리라.

게릴라 퍼포먼스는 자칫 심심해지기 쉬운 문화제의 분위기를 한층 더 끌어올리고 싶은 녀석들이 선보인다. 작년에는 서바이벌 게임 연구회가 갑자기 복도에서 총격전을 시작했지만(당연히 총알은 쏘지 않았다), 사전에 정보를 입수한 문화제 실행위원이 그곳에 최대 전력을 투입했다. 에어건을 이용한 총격전이 순식간에 대형 체포물로 변했다.

    그것은 미즈노모리 고등학교 문화제 역사에 남는 사건이지만, 지금에 와서 돌아보면 어디까지가 대본이었는지 의문이 들기도 한다. 서바이벌 게임 연구회가 일부러 정보를 흘렸거나, 최악의 경우에는 실행위원도 한패인 대형 퍼포먼스였을 가능성도 있지 않을까?

    나와 사에키는 이번엔 체육관으로 가보았다.

    무대에서는 연극부의 연극이 한창 재미있는 부분으로 접어든 참이었고, 그것이 끝나자 다음은 서예부가 거대한 종이와 붓으로 글씨를 쓰는 퍼포먼스가 이어졌다.

    외부의 특설 무대에서는 실행위원이 진행하는 퀴즈 대회가 열리는 모양인지 희미하게 그 목소리가 들렸지만, 나도 사에키도 흥미가 없어서 보러 가지는 않았다.

    그리하여 다시금 교사로 돌아왔다.

    "유키가 가고 싶은 곳은 어디야?"

    "문예부요. 슬슬 가볼까요?"

    그 호칭도 제법 익숙해졌다고 생각하며 대답했다.

    "문예부, 문예부라……."

    사에키는 위치를 확인하기 위해서인지 팸플릿을 넘기기 시작했다.

    "지학준비실?"

    "우리 학교에 그런 교실은 없어요."

우리 학교의 교사는 모두 3층짜리 건물이다. 문예부의 부실이 3층의 구석에 있는 건 확실하지만.

실제로 거기까지 가자 상상 이상으로 사태가 심각했다.

안 그래도 외진 곳에 있는 데다 이웃 교실을 이용하는 클럽과 서클이 전시와 발표를 하지 않아서 문예부만 남겨진 셈이었다. 거의 아무도 없는 복도에 '문예부 잡지 최신호 있습니다'라는 입간판만 보였다.

안을 들여다보자 활짝 열린 문으로 곧장 들어간 곳에 긴 책상이 있고, 그곳에 상품인 잡지가 쌓여 있었다.

그리고 그곳에 호류 미유키와 야가미가 앉아 있었다.

"유키츠구, 와줬구나."

이내 호류가 우리를 알아채고 일어서서 맞이해주었다.

그리고 그 옆에서는 야가미가 안도하며 가슴을 쓸어내렸다. 아무래도 호류와 나란히 앉아 있는 게 상당히 긴장되었던 모양이다. 소문을 듣자 하니 문예부에서는 그녀를 야가미에게 떠밀—— 아니, 맡겼다고 한다.

"약속했으니까요."

부실 안을 둘러보며 발을 내디뎠다.

"뭐랄까요——."

"한가해 보여?"

"알기 쉽게 말하자면요."

눈치가 빨라서 다행이다.

"그렇지도 않아. 지금은 이곳에 앉아 있지만, 마음이 내

키면 뒤에서 소설을 쓰기도 하는걸."

　호류와 야가미가 앞에 두고 앉은 판매용의 긴 책상 뒤에는 평평한 테이블을 네 개 이어붙인 작업대가 있고, 지금도 그곳에서는 부원으로 보이는 학생이 노트북을 두드리거나 수다를 떨고 있었다.

　문예부라 집필하는 풍경을 공개하는 게 아니라 시끌벅적한 곳을 싫어하는 부원이 이곳에서 시간을 때우는 것이리라.

　호류도 이곳에서 소설을 쓰나? 미즈노모리 고등학교가 자랑하는 쿨뷰티가 실로 밋밋하기도 하다.

　"하지만 그건 개인적으로 한가하지 않다는 뜻이지, 문예부로서는 별로 사람이 오지 않지요?"

　"그렇게도 말하지."

　호류는 쓴웃음을 지었다.

　긴 책상 위를 보니 신간과 기간 잡지가 쌓여 있었고, 100부를 찍었다는 신간은 더 높은 산을 이루고 있었다. 순조롭게 줄어드는 상황은 아닌 모양이었다.

　"그런데 거기 그 아이는 유키츠구 뒤에 숨어서 뭘 하는 걸까?"

　호류의 말을 듣고 뒤를 보자 사에키가 내 뒤에서 기척을 숨긴 채 숨죽이고 있었다. 확실히 숨은 것 같았다.

　"키리카?"

　"나, 나는 딱히……."

하지만 눈이 허공을 헤맸다.

"그래? 그럼 당당히 행동해."

그 말에 사에키는 울컥한 모양이었다.

그러더니 결심한 듯 걸음을 내디뎌 호류 앞에 섰다.

"저기, 저는——."

"설마 순순히 사과하지는 않겠지?"

"응……?"

뭔가 하려던 말이 호류에게 가로막혀 사에키는 눈을 몇 번 깜빡였다.

"네게도 양보할 수 없는 무언가가 있어서 고집을 부린 거잖아? 그럼 그걸 관철해야지."

나는 마침내 이해했다.

지난 축제 이후의 일이다. 그때 사에키는 나를 휘두르고 고집을 부려 하마터면 맞을 뻔했을 정도로 호류의 화를 돋우었다. 그때까지 본인이 내 과거 때문에 호류를 지탄했는데도 불구하고 말이다.

그런 자기모순을 자각하고 있기 때문에 여기서 호류와 대면하기 힘들었고, 그런데도 분명히 사과하고자 결심한 것이 틀림없다. 하지만 호류에게 그런 말을 듣는 바람에 하려던 말을 삼킨 결과로 이어진 모양이었다.

"그래서, 거기 서 있다는 건 잡지 구매 의사가 있다고 생

각해도 될까?"

"네? 아, 네…….."

호류가 놀리듯 말하자 사에키는 황급히 지갑을 꺼냈다.

"됐어요. 키리카. 계산은 제가 할게요."

"하지만 유키…….."

나는 친구로서 두 부를 사야 할 처지다. 그 한 부를 사에키에게 건네면 될 것이다.

"얘, 야가미. 이 두 사람은 내게 자랑하러 왔나 봐."

"아하하…….."

호류는 골치가 아픈 듯 말했고, 야가미는 쓴웃음을 지었다.

아뿔싸. 이 호칭에도 그럭저럭 익숙해져서 두 사람 앞에서도 평범하게 쓰고 말았다. ……뭐, 그만두면 사에키가 화낼 테지만.

"어라? 거기 호류 아니야?"

갑자기 끼어든 목소리.

부실의 입구를 보자 그곳에는 여학생들이 서 있었다.

"미야자키."

호류의 입에서 나온 그것이 그녀의 이름인 모양이었다.

"친구인가요?"

"응. 미야자키 메이. 1학년 때 같은 반이었어."

나는 그녀를 모른다. 그렇다면 이 경우에는 호류가 유급하기 전인 첫 번째 1학년 때의 반 친구일 것이다.

다시 미야자키 선배를 보았다.

승부욕이 매우 강할 듯한 얼굴은, 오래된 표현을 빌리자면 학급의 퀸, 즉 여왕님 같은 인상이었다. 그것을 보여주듯 그녀의 뒤에는 추종자인지 동반자인지 두 여학생이 있었다. 그리고 그녀의 입가에는 빈정대는 듯한 미소가 깃들어 있었다. ……무슨 말을 하러 왔는지 대강 상상이 되는군…….

"무슨 일이야?"

"응, 네가 요즘 이곳에 틀어박혀 있다기에 보러 왔어."

미야자키 선배는 그렇게 말하더니 슥 부실을 둘러보고 "흐음……" 하고 납득한 듯 고개를 끄덕였다.

"볼품없네."

다음으로 나온 말이 이것이다.

그럼 그렇지. 그녀는 호류를 비웃으러 온 것이다.

"볼품없어?"

"응. 그렇잖아?"

미야자키 선배는 코웃음을 쳤다.

"입시를 1등으로 통과하고 신입생 총대표까지 맡았고, 그 뒤에도 학년 수석을 계속해서 유지하던 그 호류 미유키가 유급해서 이런 곳에 죽치고 있다니."

또 굉장한 말이 나왔다. 야가미를 비롯한 문예부원들은

화를 내도 될 텐데 완전히 넋이 나가 있었다.

"미야자키. 너 지금 재미있니?"

갑자기 호류가 물었다.

"뭐? 그야 뻔하잖아?"

"그래? 그거 다행이네. 나도 지금 꽤 재미있거든."

그녀는 미야자키 선배의 대답과 관계없이 자기 말을 포갰다.

"어쩌다 보니 유급하게 되었지만, 덕분에 좋은 친구가 많아졌어. 나를 좋아해 주는 지나치게 진지한 여자애나, 학생회 부회장을 맡은 남자애나. 거기 있는 유키츠구와는 한때 사귀었지만, 금방 차였어. 하지만 지금도 좋은 친구야."

사에키에게 고집을 관철하라고 말한 그녀는 자신도 거짓말을 관철했다.

"맞다. 귀여운 후배도 있어."

호류는 웃으며 말했다.

사에키는 깜짝 놀라 몸이 살짝 튀어 올랐다.

"알아? 여기 야가미는 때때로 문예지에 단편소설을 게재했는데, 이번에 본격적으로 소설가로 데뷔하게 됐어."

"호, 호류……, 그 이야기는……."

느닷없는 폭로에 야가미는 당황했다.

그것은 나도 처음 듣는 이야기였다. 나도 놀랐을 정도이니 미야자키 선배는 더 놀랐으리라. 이 연약해 보이는 안경 소년이 설마 프로 소설가라고는 생각하지 않을 것이다. 실제로 말도 없이 눈만 동그랗게 뜨고 있었다.

　　"유감스럽지만 내게는 아무것도 없어서 친구를 자랑하는 정도밖에 할 수 없지만, 자랑할 수 있을 정도로 친구 복은 많아."

　　자랑할 수 있을 만큼의 미모와 두뇌를 가졌으면서 어쩜 그런 말을 하는 것일까?

　　"여기서 서투른 소설을 쓰는 것도 즐거워. 그렇게 생각하면 1학년을 다시 한번 경험한 것도 나쁘지는 않았다고 자신 있게 말할 수 있어."

　　호류는 미야자키 선배를 똑바로 바라보며 그렇게 단언했다.

　　미야자키 선배는 당황했다. 그녀도 호류를 비웃으러 왔으니 이런 대답을 들을 줄은 생각지도 못했을 것이다.

　　"그, 그래? 즐겁다니 다행이네. 나도 네가 없어서 생기가 넘치거든. ……가자. 이런 곳에 있어봤자 시간 낭비야."

　　이윽고 미야자키 선배가 발걸음을 돌리자 함께 온 두 사람도 덩달아 나갔다.

　　잘 생각해 보면 호류의 동급생이었다는 말인즉, 지금은 3학년일 터였다. 호류를 비웃으려고 자유 참가인 문화제까지 찾아오다니. 수고가 많네.

그녀가 나가자 부실 안이 조용해졌다. 어느샌가 다른 부원들도 이쪽을 주시하는 모양이었다.

　"어울리지도 않는 소리를 했네. ……나갈까?"

　호류는 쓴웃음을 한 번 지었다. 그리고 긴 책상을 돌아 부실의 출입구로 향했다. 나와 사에키도 그 뒤를 따라 복도로 나갔다.

　"이런 실험 알아? 혼자 찍은 남자 사진과, 여자와 함께 즐겁게 찍은 남자 사진을 보여주고 어느 쪽이 매력적인지 물었을 때 대부분의 여자는 후자라고 답했대."

　그 실험은 나도 들어본 적이 있다. 옆에 있는 여성이 웃고 있으니 이 남성에게는 그렇게 만드는 매력이 있다는 사고가 무의식중에 발동된다나?

　그럼 그것이 여성의 사진이고, 여성에게 보여줬다면? 누군가와 즐거워 보이는 모습은 매력적으로 비치는 것이 아니라 질투로 뒤집히지 않을까?

　그래서 미야자키 선배는 유급하고도 즐거워 보이는 호류에게 질투하여 뜬금없이 비웃으러 온 것이다. 착각하지 마, 너는 볼품 없어, 라며. 그렇게 해서 자신의 우위를 확인하려 했으리라.

　"하지만 그 실험은 선배에게도 해당하지 않나요?"

　사에키가 말했다.

　"어쨌든 유키와 헤어졌는데 저와 함께 있는 모습을 보고 가로채고 싶어졌죠?"

"엄청난 말을 하는구나. 귀엽지 않은 후배네."

"귀엽다는 말을 듣는 것보다 나아요."

그리고 그녀는 고개를 휙 돌렸다.

아마 사에키의 이 태도는 쑥스러움을 감추려는 것은 아니리라. 묘하게 치켜세우자 화를 내고 있다. 사에키 자신은 아직 호류에게 다가갈 마음은 없는 것이다.

"뭐, 됐어."

한편, 호류는 쓴웃음을 지었다.

"미안하지만, 잡지 홍보 좀 해줄래?"

"뭐, 그 정도라면……."

"그래? 고마워. ……자, 그만 가봐. 시간이 별로 없어."

시각은 머지않아 오후 2시가 되려 했다.

"이미 대강 봤지만요. 하지만 가요. 키리카."

그리하여 우리는 문예부의 부실을 뒤로 했다.

3.

남은 시간에 뭘 볼까── 하고 생각하자마자 사에키와 찢어지고 말았다.

학생식당 부근에서 길거리 공연 퍼레이드를 마주쳤고, 정신을 차리고 보니 잃어버린 상태였다. 그건 무슨 클럽이었을까? 저글링부인가?

할 수 없이 사에키에게 전화를 걸고자 휴대전화를 꺼냈을 때, 낯익은 얼굴이 눈에 들어왔다. ――야마나미였다.

그녀는 홀로 있었다.

홀로 있다는 말인즉―― 주위를 살펴보았다.

'역시나…….'

나는 일단 단말기를 주머니에 넣었다. 사에키와 연락하는 것은 뒤로 미루었다.

"야마나미."

"아, 유, 유미즈키……."

조금은 익숙해진 걸까? 내가 말을 걸어도 야마나미는 펄쩍 뛰어오르며 놀라지 않았다.

"여긴 웬일이에요?"

"아, 응. 잠깐 쉬려고."

"그랬군요. ……저도 같이 있어도 될까요?"

야마나미는 "응? 저기……" 하고 무슨 말인가를 하려 했지만, 내가 학생식당 구석의 자동판매기 코너 쪽으로 재촉하자 거세게 저항하지 않고 조용히 따라왔다.

우선은 내가 따뜻한 밀크티를 샀다.

"야마나미는 뭐로 할래요? 제가 살게요."

"하지만 그럴 수는……."

"신경 쓰지 마세요. 이제 잠시 시간을 뺏을 테니까요. ……그럼 제 거랑 똑같은 거로 할게요."

이어서 다시 한번 같은 밀크티를 산 뒤 야마나미에게 건

넸다.

"저기가 좋겠네요. 저기로 가요."

"응……?"

그리고 자리를 시선으로 가리키자 야마나미도 마침내 내 의도를 알아챈 모양이었다.

그대로 그곳으로 이동했다. 야마나미도 얌전히 따라왔다.

"쿠와시마 선배."

우리가 발길을 향한 곳── 식당의 테이블 중 한 곳에 그가 있었다. 테이블 위에는 로우슈거 캔커피가 놓여 있었다.

"유미즈키구나?"

그가 얼굴을 들었다. 나를 보고── 그리고 옆에 있는 야마나미를 보더니 조금 놀란 표정을 지었지만, 그뿐이었다. 아무 말도 하지 않았다.

"선배도 와 계셨군요."

"그래. 수험 공부를 하다가 한숨 돌리려고. 좋아하는 때에 왔다가 마음 내킬 때 돌아가면 되니 참 편해."

그렇군. 자유로운 참가라는 건 그런 뜻이구나. 참가할 거면 9시에 와서 3시까지 있으라는 강요는 아닌 모양이었다.

그래서 지금은 쉬는 중이로구나. 쿠와시마 선배도 그렇고, 아까 미야자키 선배도 그렇고, 학교에 온 3학년도 많을까? 나도 내년에는 의외로 학습 중 기분 전환이라며 3년 간의 학교생활에서 마지막인 문화제를 보러 와 있을지도 모르겠다.

"왜 그래? 내게 무슨 용건이라도 있어?"

"보답하고 싶어서요."

달리 말하자면 쓸데없는 오지랖이라고도 하지만.

나는 쿠와시마 선배의 정면에 앉았다. 옆에는 야마나미 가 앉았다. 우선은 밀크티의 뚜껑을 땄다.

"뭐야? 오늘은 홍차야?"

그것을 본 쿠와시마 선배가 의외로 그렇게 말했다.

"밖에서는 커피보다 이걸 마셔요."

"진즉에 말을 했어야지."

그리고 쓴웃음을 지었다.

나로서는 두 번이나 그럴 기회가 있으리라고는 생각하 지 못했고, 애초에 얻어먹는 처지에 내 취향을 말할 정도 로 뻔뻔하지도 않다.

나는 밀크티로 목을 적신 뒤 말을 꺼냈다.

"이쪽은 같은 반 친구인 야마나미인데—— 아시죠?"

"그건 질문이 아니라 단순한 확인이로군. 어차피 이미 대강 알아봤을 거 아냐?"

그는 딱히 동요하지도 않고 실로 침착했다.

"뭐, 간단히는요."

내게는 사에키 토오루 씨라는 커넥션이 있으니까.

'F. E. 트레이딩'.

그 역사를 말하자면 쿠와시마 선배와 야마나미, 두 사람의 조부님께서 함께 세운 무역회사라고 알고 있다. 당시에는 더 예스러운 이름이었고, 지금의 'F. E. 트레이딩'으로 이름이 바뀐 것은 비교적 최근의 일이다.

수년 전, 그 창설자이자 초대(初代) 사장인 쿠와시마 씨가 타계했을 때, 당연히 야마나미 씨가 회사를 맡을 것이라고 여겨졌다. 하지만 뒤를 이어 사장 자리에 오른 젊은이는 쿠와시마 씨의 아들이자 선배의 아버지셨다.

그 교대 과정에서 딱히 분쟁도 없었고, 야마나미 씨는 오히려 늙어서 앞날이 길지 않은 자신이 사장이 되어봤자 금방 은퇴하게 될 텐데 수장이 자주 바뀌어 그때마다 혼란이 일 바에야 자신은 영원히 2인자여도 좋다고 몸을 낮추었다.

쿠와시마 가문과 야마나미 가문은 그 정도의 관계를 구축했다.

따라서 두 사람의 조부님께서 아직 건재하셨을 때, 서로의 손주를 결혼시키자고 약속한 것은 당시로써는 의외로 평범한 일이었을지도 모른다. ……쿠와시마 선배가 말한 부모님이 멋대로 결정한 여성은 야마나미였던 것이다.

"그것에 대해 선배 본인은 어떻게 생각하시는지 듣고싶어서요."

"너와는 관계없는 이야기야."

쿠와시마 선배는 단호하게 말하며 커피를 들이켰다.

물론 나도 남의 가정 사정에 참견한다는 자각은 있었다.

"하지만 야마나미와는 관계있어요."

내가 그렇게 받아치자 그는 입을 다물었다.

내 옆에서는 야마나미가 밀크티 캔을 양손으로 감싸듯 쥐고 역시 침묵하고 있었다.

"다시 한번 여쭤볼게요. 선배는 야마나미와의 일을 어떻게 생각하세요?"

"유미즈키."

쿠와시마 선배는 나를 보았다.

"공교롭게도 그 말은 루나에게 실컷 들었어. 분명히 말하는데, 나는 부모님들이 결정한 일을 받아들일 마음이 없어. 그런 건 사양하겠어. ……네게도 말했잖아?"

확실히 그것과 비슷한 말을 얼마 전에 교실 앞 복도에서도 들었다. 생각해 보면 그것은 곁에 있던 야마나미에게 던진 말이었으리라.

내 옆에서 야마나미가 풀 죽어 고개를 떨구었다.

"그럼 그렇다고 가족에게 전하고 두 사람은 집안의 의사에서 벗어난 관계를 구축하면 될 거예요. 사실상 선배는 사에키와 그러려고 했었잖아요. 왜 야마나미에게만…….."

왜 그렇게까지 차갑게 떼칠까? 그것이 의아하기 그지없었다.

"키리는 강해. 부모님의 의사에 현혹되지 않을 만큼의 의지가 있어."

그건 나도 같은 생각이다.

물론 얼마 전의 사건에서는 처참히 실패했지만, 그래도 쓸데없는 요소—— 주로 내가 얽히지 않으면 잘했던 것 같다.

"그에 비해—— 본인을 앞에 두고 이런 말을 하기는 미안하지만, 루나는 약해. 부모님과 상관없는 관계든 뭐든 마지막에는 분명 가정 사정에 끌려갈 거야. 그렇다면 그런 건 처음부터 없는 게 나아."

단호하게 잘라 말한 선배는 난폭하게 커피를 들이켰다.

애초에 내가 쿠와시마 선배와 야마나미의 사이에 뭐가 있나 하고 의심한 것도 그녀에 대한 선배의 태도가 묘하게 차가워 보였기 때문이었다. 아는 사이일 텐데 말을 섞지도 않고, 더군다나 차가운 시선을 보냈다. ……그렇군. 그런 이유였군.

얼마 전에는 '남자는 그래도 괜찮지만, 여자애 쪽은 그러면 가엽다'는 취지의 말을 했다. 확실히 그렇다. 언젠가 야마나미가 자신의 마음을 억누르고 부모님의 의사에 끌려갈 것이라는 선배의 예상은 분명 옳을 테고, 그럴 바에야 처음부터 일체의 관계를 가지지 않는 게 낫다는 주장에도 일리가 있다.

어쩌면 사에키가 쿠와시마 선배에게 협력한 것도 그의

이 주장을 들었기 때문일지도 모른다. 물론 그건 그녀에게 물어보지 않고는 알 수 없지만.

문제는 야마나미가 그것을 납득하느냐다.

여기서부터 다음 말을 어떻게 꺼낼까―― 하고 내가 생각에 잠겨 있던 때였다.

"저, 저는."

야마나미가 얼굴을 들고 결심한 듯 입을 열었다.

"저는 히지리 선배가 생각하는 만큼 약하지 않아요. ……이, 이래 봬도…….'"

기세가 당당한 것도 처음뿐이었다. 말소리는 점점 작아졌고, 그녀는 양손으로 쥔 캔에 재차 시선을 떨어뜨렸다.

그리고 그대로.

"게, 게다가 저는 줄곧 히지리 선배를 좋아했어요. 부모님의 손에 이끌려 처음 만났을 때부터…….'"

그 고백은 쿠와시마 선배에게 아닌 밤중의 홍두깨였는지, 눈을 동그랗게 뜨고 야마나미를 조용히 바라보았다.

조금 뒤, 이번에는 나를 보았다.

"……유미즈키, 알고 있었어?"

"어렴풋이요."

쿠와시마 선배와 야마나미의 관계를 알고서 그녀의 행동을 돌아보니 그런 기분이 들었다.

옆에서는 야마나미가 얼굴을 붉혔고, 그것을 감추듯 더욱 고개를 숙였다.

"그럼 어떻게 하실 건가요? 선배. 남자로서는 그녀의 마음에 어떠한 형태로든 대답해야 하지 않겠어요?"

"알아. 게다가── 여기서 찰 수 있겠냐?"

쿠와시마 선배는 단념한 듯 그렇게 말했고, 그 맞은편에서는 야마나미가 얼굴을 번쩍 들더니 밝은 표정을 지었다.

그 시선에 불편함을 느꼈는지 선배는 재차 나를 보았다.

"원망할 테다."

"마음대로 하세요."

야마나미에게 좋은 결말이 났다. 쿠와시마 선배에게 원망받는 정도는 별거 아니다.

"보답하고 싶다고 했잖아요. 지난번에 저를 메다꽂았던 보답입니다."

"그런 거였냐?"

어이없다는 듯 웃었다.

야마나미는 나와 그의 사이에 대체 무슨 일이 있었는지 몰라 당황한 듯 양쪽의 얼굴을 교대로 보았다.

그때 내 휴대전화가 울렸다. 사에키였다.

"여보세요."

『미안해. 유키. 찢어진 뒤에 오쿄네에게 붙잡혔어──.』

"괜찮아요. 저도 비슷한 처지거든요. 시간도 시간이니 이대로 교실로 돌아갈까요?"

『응. 그래. 끊는다.』

전화가 끊어졌다.

"그럼 저는 조금 더 구경할게요. 두 사람은 천천히 대화 나누세요."

방해꾼은 물러가기로 하자.

이리하여 올해의 문화제는 막을 내렸다.

§ § §

그날 밤, 우리 집 거실.

"히지리 선배도——."

저녁을 먹고 차를 마시며 내 이야기를 듣던 사에키는 무언가가 생각난 모양이었다.

"그 야마나미라는 분을 처음부터 좋아했던 게 아닐까?"

"네?"

나는 한동안 그녀가 한 말이 무슨 뜻인지 생각하다가 "아아" 하고 납득했다.

듣고 보니 확실히 그런지도 모르겠다. 쿠와시마 선배는 '남자는 단순한 생물이라 귀엽다는 것만으로 여자애를 좋아하게 될 수 있다'고도 말했다. 그것은 자신을 두고 한 말이리라.

그렇다면—— 왜 원망을 하지? 그건 앞뒤가 안 맞잖아.

"그나저나 그 두 사람은 제법 오래 알고 지냈어요."

"그래?"

"그렇다나 봐요."

소꿉친구라고 부르는 사이인가? 여하튼 그 뒤에 들은 대화가.

『오빠…….』

『그렇게 부르지 마.』

였으니까.

"우리는 어떻게 할까?"

"뭘요?"

"──'유키'."

아아, 그 말이구나.

나는 잠시 생각한 뒤── 대답했다.

"제게는 아직 이른 모양이에요."

"칫."

사에키는 불만스레 입을 삐죽 내밀었다.

4.

정말로 이벤트가 잇따랐다.

미즈노모리 고등학교의 문화제가 열리고 2주일이 지난 일요일.

오늘은 사에키와 외출할 예정이지만, 그렇다고 해서 일찍 일어나는 것은 아니고―― 평소처럼 평일보다 한 시간 정도 늦게 일어났고, 지금은 둘이서 함께 아침을 먹고 있다.

맞은편에 앉은 사에키는 최근 조금씩 기온이 낮아지기도 하여 넉넉한 트레이닝복을 입고 있었다. 하지만 하의는 쇼트팬츠를 입어서 자리에서 일어나면 늘씬한 다리를 볼 수 있었다. 긴 머리카락은 아까까지 요리를 했기에 포니테일로 묶었다.

오늘 아침 메뉴는 토스트에 데미그라스 소스를 뿌린 오믈렛, 햄 샐러드. 그리고 커피였다.

"유미즈키, 오늘 갈 대학이 어떤 곳인지 알아?"

"조금은요."

사에키의 질문에 나는 짧게 대답했다.

그렇다. 오늘은 그녀와 함께 학교 도시의 어느 대학에 축제를 보러 갈 예정이었다. 축제 사건 덧쓰기 제2탄이다.

이곳 학교 도시에서는 11월에 대학 축제가 줄을 이어 매 주말 반드시 어딘가의 대학이 축제를 연다. 학부형과 친구는 물론이거니와 학교와는 관계없지만, 무대 이벤트를 위해 초대된 유명인을 보러 오는 팬까지 찾아와 거리 전체가 대단히 혼잡하다.

"아마 여기서는 제일 큰 학교일 거예요."

"그래?"

이 동네는 교육 시설과 연구 기관이 밀집된 비교적 새로운 학교 도시다. 새롭기 때문에 대학은 정보 대학과 예술 대학 같은 신흥 단과대학이나 어느 종합대학의 약학부나 공학부만 있는 형태가 많다. 하지만 그런 가운데 쿠와시마 선배에게 추천받은 곳은 종합대학이 통째로 이전해 온 희귀한 경우였다. 확실히 학교 도시에서 규모로는 가장 큰 학교일 것이다.

"기독교 계열 학교고, 학내에는 교회도 있을 거예요."

"오오~ 교회."

사에키는 감동한 모습이었다.

"그런데 내가 몰라서 그러는데, 그 학교는 멀어?"

"조금요."

그게 아쉬운 점이다. 학교 도시에서 가장 넓은 땅을 역 앞에 확보할 수는 없는 모양이라 비교적 역에서 먼 곳에 있었다.

"하지만 걷지 못할 거리는 아니에요. 역에서 15분에서 20분쯤 걸려요. 걷는 학생도 많다고 들었어요. ……어떻게 할래요? 버스를 탈까요, 걸어갈까요?"

버스는 시외의 각 방면으로 향하는 시영버스 및 학원 도시 내의 일정 경로를 순회하는 버스가 있다. 후자는 운임이 100엔이라 100엔 버스 등으로 불린다. 확실히 그 버스로도 갈 수 있을 터였다.

"으~음……."

사에키는 젓가락 끝을 아랫입술에 대며 생각했다.

"걷고 싶은 기분이랄까?"

"웬일이에요? 갑자기 운동을 해야 할 필요성이라도 생겼나요?"

"실례네. 언제 보거나 만져도 괜찮도록 신경 쓰는 거야."

그녀는 그렇게 말하며 뺨을 부풀렸다.

"……그 부단한 노력의 성과도 보여줄 기회가 좀처럼 오지 않지만."

"당분간 더 안 오지 않을까요?"

자연스레 흘려 말하자 사에키는 뭔가 하고 싶은 말이 있는 듯 실눈을 뜨고 나를 보았다. 하지만 못 본 척, 알아채지 못한 척 식사를 이어갔다.

나는 햄 한 장을 양상추와 함께 먹고 결론을 냈다.

"그럼 천천히 걸어가기로 할까요?"

벌써 11월도 반환점을 지났지만, 일기예보에서 오늘은 축제하기 좋은 맑은 날이라고 했다. 밖을 걸어도 추워서 참을 수 없을 정도는 아닐 것이다. 오히려 그만큼 걸으면 제법 훈훈하게 열이 오를 것 같았다.

"몇 시 정도에 나갈 거야?"

"너무 일찍 나가지는 않아도 되겠죠."

유원지에 가는 것도 아니니 개회와 동시에 밀물처럼 쏟아져 드는 일도 없을 것이다. 쿠와시마 선배가 알려준 축제 프로그램에 따르면, 메인인 무대 이벤트는 정오가 지나 시작되는 모양이다.

"다른 소리인데── 미즈노모리 축제 때 유미즈키네 아버님과 어머님은 보러 오셨어?"

사에키가 토스트를 손에 든 채 물었다.

그녀의 입에서 부모님의 화제가 나와서 조금 놀랐다. 동요했다고 말해도 좋을지 모르겠다. 갑자기 무슨 일이지? 올여름 무렵부터 내가 사에키의 부모님과 친교를 맺게 되었기 때문일까?

마음의 동요를 들키지 않도록 주의하며 말했다.

"아니요. 어차피 부르지도 않았으니까요."

"아, 그, 그렇구나."

사에키는 눈을 끔벅였다.

아무래도 무뚝뚝하리만큼 평탄한 말투가 튀어나온 모양이었다. 실수했다고 생각하며 수습에 나섰다.

"남자가 다 그렇죠, 뭐. 학교 행사에 부모님이 와봤자 부끄러울 뿐이거든요."

"아하하. 확실히 그럴지도 모르겠네."

하지만 결국 더 이상의 대화는 이어지지 않았다.

그대로 아침을 다 먹었다.

"잘 먹었습니다."

그렇게 말한 나는 먼저 자리에서 일어났다. 식기를 포개어 싱크대에 두고 커피가 반쯤 남은 머그컵을 든 뒤 거실로 옮겨갔다. 그 사이에 사에키는 줄곧 내 움직임을 조심스레 눈으로 좇았다.

아무래도 쓸데없는 걱정의 씨앗을 남겨둔 모양이었다.

거실에서 조간신문을 읽은 뒤 방으로 돌아갔다.

집을 나서기 전에 간단하게나마 집안일을 해둬야 할 것이다. 물론 내가 하는 일이라고는 내 방 청소 정도지만. 한편 사에키는 아침 식사 뒷정리부터 빨래, 내 방 외의 청소까지 하니 저절로 머리가 숙어진다.

방 청소도 끝나서 슬슬 나갈 준비를 하려던 때, 책상 위에 던져둔 휴대전화가 울렸다. 착신음이었다. 서브 액정을 보니 유미라고 표시되어 있었다.

"여보세요?"

『공원의 그네에서 목을 맨 시체가 대~롱.』

갑자기 흉흉한 농담이 날아왔다. 본래부터 동생은 표정이 별로 없고 목소리에도 억양이 부족해서 쓸데없이 흉흉하다.

일설에 의하면 그네는 그리스의 포도 수확제에서 나뭇가지에 가면을 매단 나무를 소녀들이 흔들었던 의식에서 기원한다는 모양이다. 더욱 거슬러 올라가면 그리스 신화에서 딸인 에리고네는 아버지 이카리오스가 살해된 원한을 풀기 위해 아테나이의 딸들도 자신과 같은 운명을 맞도록 저주하며 소나무에서 목을 맸고, 그 저주를 받아 아테나이의 소녀들이 차례로 소나무에서 목을 매 죽기 시작한 것에서 유래한다고 한다.

그렇게 생각하면 유미의 말도 아예 틀리지는 않았는지도 모르겠다. 흉흉하다는 점은 변함없지만.

"……대체 무슨 용건이죠?"

『오빠가 어떻게 지내나 하고.』

데자뷔가 느껴지는 대사로군. 아무래도 꿈과 뒤섞인 모양이었다.

『오늘 사에키 씨는?』

"그녀라면…… 집에 있지 않을까요?"

하마터면 집에 있다고 할 뻔한 말을 삼켰다.

내가 사에키와 동거한다는 사실은 언젠가 말해야 하겠지만 아직은 말할 수 없었다. 최소한 사에키와 면식이 있는 동생에게만은 가르쳐줘야 할까?

『흐음.』

유미는 의미심장하게 납득했다.

"왜요?"

『당연히 지난번처럼 자고 가면서 사이좋게 모닝커피라도 마시는 줄 알았지.』

"……늘 그러는 건 아니에요."

내가 뱉은 말이지만 잘못한 것 같다. 내 무덤을 파는 기분이었다. 갑작스럽기는 했지만, 그때 조금 더 멀쩡한 거짓말을 해뒀으면 좋았을 것이다.

『이래 봬도 좀처럼 집에 내려오지 않는 오빠를 걱정하고 있어. 그리고 여기에도 걱정하는 사람이 한 명 또 있네. ……바꿔줄게.』

"네?"

기다리라고 말하려 했지만 늦었다. 목소리를 낼 새도 없이 전화기 너머로 유미의 기척이 사라졌다.

『유키츠구?』

그리고 잠깐의 공백 뒤 전화를 받은 사람은 어머니였다.

의학 계열 잡지를 만드는 출판사에서 일하는, 소위 말하는 커리어 우먼인 어머니의 이지적인 얼굴이 머리에 떠올랐다. 나는 복잡한 기분이 들었다.

"왜요?"

내 목소리의 온도가 내려간 것을 알 수 있었다.

『왜냐니, 엄마가 걱정이 많구나. 전혀 내려오질 않잖니.』

"여름에 한 번 갔을 텐데요."

『얼굴만 비치는 정도였잖아.』

확실히 그랬다. 그때는 자고 올 생각으로 내려갔지만, 결국 저녁을 먹은 뒤 이쪽으로 돌아왔다.

『조금 더 느긋하게 있다가 갈 수는 없니?』

"바빠요."

나는 어머니의 말끝에 내 말을 겹쳤다.

"본래부터 학업에 전념하기 위해 시작한 독립이니까요."

『그건 그렇지만…….』

걱정스러운 목소리가 돌아왔다.

아들이 독립을 계기로 집에 들르지 않게 되면 걱정되는 것이 당연하리라. 안 그래도 모르는 점이 많은 데다 한때는 문제아였던 나를 더욱 알 수 없게 된 것이 틀림없다.

『그리고 아까 유미가 하는 말을 들었는데…… 유키츠구, 사귀는 여자애가 있니?』

듣고 있었구나. 유미에게 전화를 걸게 하고 바꿔 달라는 방법을 취한 이상, 곁에 있던 것이 당연했다. 유미도 그 사람이 있는 곳에서 그런 이야기를 할 필요는 없었을 텐데.

"있어요."

아마 뭔가 잘못 알았기를 바라며 뱉었을 어머니의 질문에 나는 무정하게 긍정의 대답을 했다.

『그, 그래……?』

그렇다면 이 집에서 자고 가는 것이 무엇을 의미하는지도 이해했을 터였다.

『저기, 유키츠구, 너는 아직 고등학생이니──.』

"농담이에요."

나는 어머니의 말을 가로막았다.

"농담이에요. 유미가 말한 사에키는 남자애예요. 친한 사이라 자주 놀러 오고, 주말에는 자고 가기도 해요."

『그, 그러니? 너도 참, 놀랐잖니.』

쓴웃음을 짓는 엄마는 전화기 너머로도 알 수 있을 정도로 안도하며 가슴을 쓸어내렸다.

자기혐오를 느꼈다.

분풀이하듯 나쁜 아들을 연기하려 해도 결국 이루지도 못하고 그런 짓을 하려 한 내가 싫어졌다.

"죄송해요. 저질 농담이었네요. 그리고 연말연시에는 집에 가서 보내려고 해요."

『알았어. 언제 올지 결정되면 가르쳐주렴. 네가 좋아하는 걸 만들어 놓고 기다릴 테니까.』

"지금 나가야 해서 끊을게요."

자칫하면 차가워질 듯한 목소리를 애써 평균치에 가깝게 유지하며 나는 어머니와의 통화를 마쳤다.

지금 어머니는 끊어진 전화를 앞에 두고 무슨 생각을 하고 있을까? 연말에는 돌아가겠다고 한 말에 기뻐하고 있을까? 아니면 여전히 자신을 피하는 아들의 모습에 낙담하고 있을까?

한숨을 쉬었다.

나도 참 삐딱하구나. 피가 섞인 친어머니에게 이게 무슨 태도란 말인가.

옷을 갈아입고 방을 나섰다.

그런데 거실에는 사에키의 모습이 없었다. 아직 제 방에 있는 모양이었다. 나는 쓸데없는 전화로 시간을 빼앗겼으니 그녀가 일찍 준비를 마쳤으리라고 생각했는데.

"사에키, 나가죠."

아까 어머니와 통화한 여파가 있었을까? 이때 나는 평소라면 절대 하지 않을 실수를 했다.

즉, 느닷없이 문을 열어젖힌 것이다.

"준비는 다 됐──."

말이 도중에 끊어졌다.

안에 있는 사에키는 한창 옷을 갈아입는 중이었다.

한창이라기보다 오히려 최고조.

이제 막 탱크톱을 벗으려 했고, 하의는 하얀 속옷 한 장 차림이었다. 남자인 내게는 그 자극적이고 선정적인 디자인의 속옷에 어떤 명칭이 붙어 있는지 전혀 짐작도 가지 않았다.

서로에게 무슨 일이 일어났는지 이해하지 못한 채──

시간이 멈춘 듯한 침묵.

머지않아.

"유……!"

사에키의 얼굴이 순식간에 새빨개졌고, 굳은 것도 같고 반쯤 웃는 것도 같은 표정을 지었다.

뒤늦게 나도 제정신이 들었다.

"미, 미안해요!"

황급히 문을 닫았다.

오른쪽으로 돌아—— 그대로 문을 등진 나는 그대로 주르륵 무너져내렸다.

"사고 쳤어……."

머리를 감쌀 수밖에 없었다.

§ § §

약 10분 뒤.

옷을 다 갈아입고 방에서 나온 사에키는 거실 테이블에 엎드려 있었다.

"또, 또, 그런 모습을 보였어……."

그대로 투덜투덜 투정이 새어 나왔다. 상당히 충격을 받은 모양이었다. 정말로 미안한 짓을 했다.

"게다가 오늘은 바지를 입기로 해서 엄청난 걸 입고 있었고……."

"……."

확실히 엄청났다. 아니, 그렇게 감탄할 때가 아니다.

"미안해요. 제가 조심성이 없었어요."

"……됐어."

사에키는 이마를 테이블에 댄 채 말했다.

"……딱히 괜찮아. 나도 언제 봐도 괜찮다며 떠들어댔

고……. 그렇게 말했지만. 말했지만, 하지만, 방금 그건 마음의 준비가……."

아무래도 심경이 복잡한 모양이었다.

갑자기 사에키가 얼굴을 들었다.

하지만 턱을 테이블에 얹은 채 나를 바라보았다. 아직 얼굴이 빨갛고 부루퉁한 표정이었다.

"무슨 일 있었어?"

그 정확한 질문에 나는 가슴이 철렁했다.

"네? 왜요?"

"어째 유미즈키답지 않은 실수였으니까."

수치심이 뒤섞인 채 겸연쩍은 표정을 지으면서도 그 눈빛은 어쩐지 마음을 꿰뚫어 보는 듯했다.

"……별일 아니에요."

나는 짧게 그렇게만 대답했다.

"흐음."

사에키의 대답 또한 짧았다. 날카로운 그녀이니 뭔가를 알아채기는 했을 것이다. 하지만 간파했대도 그것은 내 기분의 문제다.

그런 것은 내버려 두고, 이제 슬슬 나가고 싶은데.

"에휴……."

하지만 사에키는 또 엎드려 한숨을 쉬었다.

그럴 때가 아닌 모양이었다. 이래서야 아직 한동안은 나
갈 수 없을 것 같군.

5.

축제용 아치로 장식된 교문을 지나자 우선 정면에 폭넓
은 길이 곧장 뻗어 있었다. 학교 거리라는 이름이 붙은 이
길의 좌우에는 도서관과 미디어 센터, 학생식당, 나아가
학생과나 교무과 등이 있는 사무동이 늘어서 있었다.

이곳을 똑바로 나아가자 이번에는 광장 거리라 불리는
거리와 수직으로 교차되었다. 그 너머에는 분수를 중앙에
둔 장방형의 커다란 광장── 교회 광장이 있고, 그곳을
에워싸듯 1호관부터 3호관까지의 교실동과, 교회 광장이
라는 이름의 유래가 된 예배당이 배치되어 있었다.

캠퍼스 내에는 숲을 뚫은 듯 풍요로운 자연이 펼쳐져 있
었다. 이곳의 학생은 여유로운 시간의 흐름 속에서 캠퍼스
라이프를 즐길 것이다.

하지만 그것도 평소의 이야기다. 축제가 개최되고 있는
지금은 어딜 봐도 축제로 떠들썩했다.

학교 거리에는 클래스나 서클, 강의 단위의 간이 가게가
즐비했고, 그만큼 좁아진 거리는 사람으로 북적였다. 학생
과 일반 방문객, 부근에 있는 간이 가게의 호객 행위도 있
는가 하면 교실동 내에서 하는 모양인 귀신의 집을 홍보하

는 미라 남성까지. 이 학교는 예술 관련 학과도 있는지 미라 남성도 묘하게 현실적이었다. 단, 매우 활발했지만.

"주 무대는 교회 광장에 있다는 모양이에요."

나는 집에서 가져온 팸플릿을 보며 미리 확인했다.

그 주 무대 이외에도 운동장이나 체육관, 1호관 안뜰 같은 곳에서 다양한 프로그램이 구성되어 있는 모양이었다.

"유미즈키, 이쪽이야, 이쪽."

하지만 사에키는 내 말을 전혀 듣지 않았다. 아니, 진즉에 들리지 않을 정도로 앞서가 있었다. 사람을 불러놓고 전혀 기다릴 기색도 없이 이내 다음 장소로 가려 했다. 꽤 많이 들떴군.

"오, 쟤 예쁘지 않아? 말 좀 걸어봐."

"내가? 아, 그래도 진짜 예쁘다."

갑자기 귀에 날아든 목소리가 나는 쪽을 보자 그곳에는 나와 비슷한 고등학생으로 보이는 세 사람이 있었다. 물론 그 시선이 향하는 곳은 사에키였다. ……발끈했다.

"사에키."

일부러 그 세 사람에게 들리도록 부른 나는 그녀를 쫓아갔다.

"너무 앞장서서 가지 말아요. 사람이 많으니까요. 잃어버리겠어요."

"응? 아, 응."

노려보듯 세 사람의 모습을 살피자 이미 멀어진 상태였다. 귀여운 여자애를 발견했지만, 남자와 같이 왔으니 흥미를 잃었으리라. 내가 생각해도 유치한 짓을 했다. 그런 내게 조금 놀랐다.

"유미즈키, 손……."

거기서 마침내 나는 사에키의 손을 잡고 있다는 걸 알아챘다. 무의식중에 잡고 끌어당겼던 모양이다.

"이런, 미안해요."

황급히 손을 놓았다.

"그냥 잡고 있어도 괜찮은데."

"당신이 멀리 가지 않으면 돼요."

작게 웃는 그녀에게 나는 조금이지만 굳은 표정으로 대답할 수밖에 없었다.

다시 사에키를 보았다.

긴 청바지에 보트넥 트레이너 차림. 11월의 이 시기에 입는 옷치고는 목 언저리가 시릴 것 같지만, 오늘의 기온을 고려하면 그렇지도 않으려나? 그 목에는 내가 생일 선물로 준 팬던트가 걸려 있었다. 전체적으로 꾸밈없고, 굳이 따지자면 심플하고 활동적인 스타일이지만, 본바탕이 좋아서 이 정도로도 충분히 완성도는 높았다.

역시 예쁘다고 생각했다.

그때, 사에키가 깜짝 놀란 표정을 짓더니 얼굴을 살짝

숙인 채 터벅터벅 내 쪽으로 다가왔다.

"너, 너무 그렇게 쳐다보지 마……. 아침에 그런 일도 있었는데."

"으……."

생각났다. 아니, 눈앞의 사에키와 겹쳐졌다. 직접 보고 만 그녀의 풍만한 가슴과 허벅지 라인의 각도가 깊고 대담한 속옷──.

"아이, 참. 그러니까 상상하지 말래도."

그녀는 간파했고── 부끄러운지 화가 나는지 내 가슴팍에 이마를 부딪쳤다. ……그런 말을 해도 어쩔 수 없다. 게다가 굳이 먼저 생각날 법한 말을 한 건 그쪽이잖아.

그렇게 우리 사이에 불편한 침묵이 찾아왔을 때였다.

"자, 거기 있는 귀여운 여성분!"

일순 이 상황에 또 헌팅인가 싶었지만, 그 목소리는 여성의 것이었다. 시선을 보내자 그곳에는 이 학교의 학생으로 보이는 여성이 서 있었다. ……거기까지는 좋았지만, 어찌 된 일인지 치어리딩 유니폼 차림이었다. 키가 큰 만큼 치마바지 밑으로 뻗은 다리도 늘씬하게 길었다. 제법 반반한 용모지만, 그 이상으로 자신만만하고 당당한 표정이 인상적이었다.

"그리고 멋진 남자 친구?"

어색하게, 게다가 의문형으로.

"우리 클래스에서 카페를 하고 있어. 3호관이야. 이건 소소하지만 할인권이야. 괜찮으면 들러줘."

"와, 정말이네. 할인권이야."

자, 하고 시원스레 두 장의 표를 건넸다. 내 손을 들여다본 사에키가 작게 환호성을 질렀다. 아무래도 이 사람은 자신이 있는 간이 가게의 호객 행위를 하는 중인 모양이었다.

"카페요?"

나는 초록색 할인권과 그녀를 교대로 보았다. 할인권 쪽은 컴퓨터로 급조하여 컬러 용지로 뽑은 느낌이었다. 하지만 그것과 그녀의 모습이 연결되지 않았다.

"응? 혹시 이런 유니폼을 입는 카페라고 생각했어?"

"아니요. 아무리 그래도 그렇게까지는……."

그렇게 대답하면서도 그 사람이 치마바지의 한쪽 끝을 들고 부채꼴로 펼치며 보여주니 가슴이 두근거렸다.

"음, 건전해서 좋군."

그렇게 생각하지 않는다고 말했다만.

"아쉽지만, 평범한 카페야. 이건 치어리딩부의 의상이고. 부 활동을 하는 사이사이에 클래스 쪽도 돕고 있어."

자세히 보니 가슴에는 명찰인 모양인지 동그란 와펜형 종이에 '요코'라고 적혀 있었다. ……역시나 수상한 가게가 아닐까 하는 생각이 들었다.

"이런 걸 좋아하면 여자 친구에게 입어달라고 부탁해. 분명 잘 어울릴 거야."

"이상한 말씀 마세요."

그런 취미는 없다. 하지만 바로 옆에서는 사에키가 내 모습을 살피듯 이쪽을 빤히 보고 있었다. 이쪽은 그런 취미가 있을지도 모른다. 아니, 아마 있을 것이다.

"참고로 치어리딩 퍼포먼스라면 1호관 안뜰에서 정기적으로 하고 있어. 괜찮다면 이쪽도 보러 와. ……갈게."

하고 싶은 말을 하고, 전할 것도 전한 그 사람은 떠나갔다. 우리가 조용히 보내주자 즉각 다음 타깃을 찾아 말을 걸었다.

"저런 것도 꽤 괜찮은 것 같아."

"그만두세요."

아까는 부끄러워했으면서 이건 괜찮나?

"그거 어떻게 할래?"

"글쎄요. 나중에 들러볼까요?"

기껏 받았으니 감사히 사용하자.

§ § §

그리하여 그 '나중'.

학교 거리를 천천히 구경하고 그대로 교회 광장에서 3호관으로 갔다. 표에 인쇄된 가게의 이름과 위치를 근거로 그곳에 도착했다. 중간 크기의 교실을 통째로 카페로 바꾼 듯했다.

"아, 역시 평범한 앞치마 차림이네."

"그 사람도 그렇게 말했잖아요."

당연히 치어리딩 유니폼 차림으로 맞이해주는 일은 없었고, 학생은 모두 사복에 똑같은 앞치마를 입고 있었다.

"그런 건 개인적으로 살 수 있나?"

"……당신은 뭘 진심으로 생각하는 거예요?"

하지만 무시무시하게도 "집에 가서 알아보자"는 말까지 나왔다.

테이블 앞에 앉아 할인권을 사용할 수 있는 커피와 케이크 세트를 주문하자, 놀랍게도 직접 만든 마블케이크가 나왔다. 대학생쯤 되면 본격적인 디저트 제작을 취미로 삼는 사람도 있을 것이다. 주로 백중날이나 연말에 받은 쿠키를 가져와서 냈던 우리와는 크게 달랐다.

게다가 여기서는 제대로 커피잔과 컵 받침을 사용했다. 물론 접시도. 우리는 깨뜨릴까 봐 종이컵에 종이 접시를 사용했다. 빌린 커피 사이폰도 스즈메가 "조심해서 써. 망가뜨리면 안 되니까. 절대로 망가뜨리면 안 돼. 왜 망가뜨릴 짓을 하는 거야? 농담 아니야. 조심하랬잖아!"라며 수없이 못을 박았다.

"커피도 제법이네요."

"그래?"

한 모금 마시고 커피 맛에 만족한 나와는 반대로 사에키는 조금 미묘한 표정을 지었다. 그런 감상이라 목소리 톤을 조금 낮추며 다음 말을 이었다.

"나는 유미즈키가 끓여준 게 더 좋아."

그것은 개인적인 취향에 따른 우열이잖아. 이곳의 커피
는 명백하게 고집스런 맛을 추구하는 커피 애호가가 끓인
것이라 이것을 맛없다고 말하는 사람은 없으리라. 그저 단
순히 사에키의 취향이 내 커피 쪽에 가까울 뿐이다.

"유미즈키는 언제부터 그렇게 커피를 좋아했어?"

테이블의 맞은편에서 컵을 손에 든 채 사에키가 물었다.

"글쎄요. 언제부터였을까요?"

나는 마블케이크에 포크를 찌르며 모호한 대답을 했다.

이것은 얼버무리는 것도 뭣도 아니라 정말로 기억이 나
지 않았다. 아마 무슨 계기가 있었을 텐데 대체 뭐였을까?
기억의 끈을 더듬으며 마블케이크를 입에 넣었다. 달지 않
고 깔끔한 맛이 좋았다. 하지만 내 기억을 자극할 정도는
아니었다.

하지만 사에키는 그런 내 대답을 신경 쓰지 않았다.

"역시 유미즈키의 커피가 더 좋아."

역시 감상은 흔들리지 않는 모양이었다.

"이왕이면 나중에 찻집이나 카페를 해보는 건 어때? 나
도 도울 수 있도록 노력할게."

"그것 참 꿈만 같은 이야기네요. 하지만 그런 자금이 어
디에 있죠?"

나는 무정히도 현실적인 이야기를 했다.

"게다가 그런 모험을 해서 아버지께 걱정을 끼치고 싶지 않아요."

아버지는 평범한 샐러리맨이지만, 그 나름대로 고연봉자고 내게도 유미에게도 사립 고등학교라는 선택지를 부여해 주셨다. 내게는 이렇게 독립도 이루어 주셨다. 돈이 드는 장남이다. 아버지께는 감사드린다.

"평범하게 국공립 대학교에 진학해서 취직해야겠지요."

"우와. 현실적이야."

"과거에 부모님께 많은 누를 끼쳤거든요."

물론 그것은 현재 진행형일지도 모르지만.

"무슨 일 있었어?"

"이래 봬도 실은 중학교 3학년 1학기에 문제아였어요."

"농담이지?!"

"정말이에요."

눈이 휘둥그레진 사에키에게 나는 단호하게 대답했다.

당시에는 수업 중에도 제대로 이야기를 듣지 않았고, 선생님의 주의도 무시했다. 주체할 수 없는 감정을 품고 있었으니 걸핏하면 싸우려 했고, 행실이 좋지 않은 불량학생과 자주 충돌했다. 덕분에 매일 상처가 끊이지 않았다.

"……그래봐야 그것도 한 달도 못 갔어요."

어느 날, 아버지가 학교에 와서 선생님께 "한동안 내버려 두십시오"라고 부탁했다는 말을 들었고, 그것을 계기로 멍청한 짓은 그만두기로 했다. 애초부터 부모님께 누를 끼친다는 자각은 있었고, 머릿속 한구석에서 줄곧 신경 쓰이기도 했다. 결국 나는 그런 것에 어울리지 않는 인간이었던 것 같다.

"그런 점은 유미즈키답네."

"그런가요?"

지금도 걸핏하면 싸우려 드는 성질은 남아 있지만.

참고로 그것을 계기로 지금의 내 성격이 정해졌다고 생각한다……. 아니, 그렇게 따지면 아직 헤매는 중인가?

사에키는 나의 과거 이야기를 듣고 놀라며 웃기는 했지만, 그 원인까지는 물으려 하지 않았다. 분명 말하고 싶지 않다는 분위기를 감지했으리라. 눈치가 빠르다.

부모님이나 가정, 나의 과거. 요즘 계속 그랬다. 언젠가는 이야기를 해야 한다.

"그래? 그럼 찻집의 꿈은 포기하고 일단 견실하게 행복한 가정을 이룰까? 아, 하지만 나도 대학에는 갈 생각이니 학생일 때 결혼은 해두고 싶어. 학생 때 결혼하는 건 동경하는 일 중 하나거든."

"그런 미래의 이야기는 그만하고 다 먹었으면 슬슬 나가죠."

"……사람 말을 들어, 이 양반아."

커피도 마블케이크도 사라진 것을 보고 일어서자 사에키가 째려보았다. ……이래 봬도 귀담아들었다고 생각하는데. '먼저 상대를 찾아야죠'라고 말하지 않을 정도로는.

6.

커피를 다 마시고 3호관에서 교회 광장으로 나가자 누군가가 갑자기 말을 걸었다.

"거기 머릿결이 고운 여성분."

또 헌팅인가? 그나저나 옆에 남자가 있는데 개의치 않다니 배포가 대단하다.

돌아보자 그곳에는 명백하게 우리보다 연상인 남자가 있었다. 이곳의 학생일까? 머리카락도 복장도 최신 패션으로 똘똘 뭉친 듯한 스타일이지만, 곳곳에 개성적으로 변화를 준 부분이 있는 느낌이었다. 그저 단순히 유행을 따라하기만 한 사람들보다는 호감이 갔다. 인간적으로도 그렇게까지 나쁘지는 않을 듯했다.

"가죠, 사에키."

하지만 그것과 이것은 별개의 이야기다. 헌팅에 대꾸할 이유는 없다.

"자, 잠깐 기다려. 이야기만이라도 들어줘."

하지만 그는 끈질기게 매달렸다.

"실은 3시부터 주 무대에서 헤어 메이크업 콘테스트가 열리는데 거기에 협력해줬으면 해."

"헤어 메이크업이요?"

사에키가 그 낯선 단어에 반응하여 내디디려던 발을 멈

추었다.

그의 설명에 따르면, 이곳 교회 광장의 주 무대에서 열리는 이벤트 중 방금 말한 헤어 메이크업 콘테스트가 있다는 모양이다. 단, 가발을 이용하는 것이 아니라 당일, 즉 오늘 온 방문자 중에서 모델을 찾는 것이 규칙이다. 그는 그 모델을 찾다가 사에키를 점 찍은 것이다.

또한 그는 이 대학의 학생이 아니라 이곳과 경영진이 동일한 미용 전문학교의 학생이라는 모양이다. 이 콘테스트는 매년 열리는 자매학교의 연례행사라고 한다.

이야기는 알아들었다.

"죄송하지만, 다른 사람을 찾아보세요."

하지만 그렇게 귀찮은 짓에 협력할 정도로 한가하지는 않았다. 나는 이번에야말로 그를 떨치고 이 자리를 떠나려 했다.

"아, 그래도 나는 좀 관심이 가는데."

그런데 사에키의 반응이 나와 달랐다.

"사에키."

"뭐, 어때? 그 정도는 협력해도 되잖아?"

안 된다——고 할 뻔한 말을 삼켰다. 그녀를 두고 내가 결정할 일은 아니다.

"앞으로 딱히 정해진 일정이 있는 것도 아니지만."

명확한 승낙의 말을 하지 못한 채 마지못해 그렇게 말하는 것이 최선이었다.

"그럼 그렇게 되었으니—— 저라도 괜찮다면 좋아요. 아, 하지만 자르지 말고 부탁해요."

"알았어. 그 약속은 지킬게."

옆에서 듣고 있던 나는 남몰래 가슴을 쓸어내렸다.

미용사를 꿈꾸는지도 모르지만, 본업도 아닌 사람에게 사에키의 머리를 맡기는 데다 커트까지 시키다니 말도 안 된다.

"그럼 갈까? 아, 괜찮다면 남자 친구도 같이 가자. 대기실은 참가자 모두가 공동으로 사용하니 둘만 있을 일은 없지만, 걱정되면 옆에서 봐도 상관없어."

그는 그렇게 말하더니 우리를 안내하듯 앞장서서 걸었다. 그렇게 말하지 않아도 그럴 생각이었다. 나는 사에키와 나란히 뒤를 따랐다.

"걱정됐어?"

사에키가 옆에서 작은 목소리로 물었다.

"……딱히요."

"또 거짓말."

그녀가 웃었다.

냉정하게 자기 분석을 하자면, 실제로 걱정을 한 것은 아니리라. 그렇다. 이것은 분명 다른 감정이다.

헤어 메이크업 콘테스트 대기실은 주 무대의 바로 뒤인 2호관 안에 있었다. 그가 말했듯 큰 방이었고, 각 참가자가 여기저기서 자신이 고른 모델의 머리카락을 세팅하고 있었다. 특수한 기술이 필요한 콘테스트인 만큼 참가자는 열 명 남짓이었다.

아까 그 사람도 재빨리 다양한 종류의 빗을 능숙하게 다루며 시행착오를 거쳐 사에키의 머리카락을 세팅했다. 그 사이에 두 사람은 즐거운 듯 이야기를 나누었다. 그런 화술도 장래의 미용사에게는 필수적인 기술이겠지.

나는 그 모습을 조금 떨어진 곳에서 보고 있었다. 지독한 표정을 짓고 있을 것 같았다.

30분도 더 걸려 작업이 끝났다.

그녀의 긴 머리카락은 틀어 올렸고, 완성된 형태는 에이시머트리(좌우비대칭)였다. 날카롭고 전위적인 것이 완성될 줄 알았는데 제법 실용적이었다.

이것을 세팅한 그는 사에키의 곁을 떠나갔다. 이벤트 진행에 관해 운영 측에서 설명을 하는 모양이라 다른 참가자와 함께 방 한곳으로 모였다. 나는 사에키에게 다가갔다.

"아, 유미즈키, 이거 어때?"

그녀는 의자에 앉은 채 이쪽을 향해 방향을 튼 뒤 올려다보았다.

"글쎄요……. 한마디로 말하자면 외국인이 생각한 외국인 모델 게이샤 걸이라고나 할까요?"

"우와, 너무해."

확실히 너무했다. 솔직히 칭찬하면 좋을 것을.

"그럼 저는 그만 밖으로 나갑니다. 무대는 객석에서 잘 볼게요."

"응."

힘내라는 응원이 이 상황에 적절한지 고민이 되었다. 나는 출입구로 향하려다 발을 멈추었다.

"아아, 맞다. 그 머리 잘 어울려요."

사에키는 기쁜 듯 웃었다.

『그럼 우선 이름부터 말씀해주세요.』

『사에키 키리카예요.』

사에키는 사회를 맡은 학생이 마이크를 들이대자 침착하게 대답했다.

헤어 메이크업 콘테스트는 예정된 시간에 맞추어서 시작되었다.

먼저 모델이 등장하여 인터뷰를 하고, 그 뒤에 그 모델을 꾸민 젊은 신예 미용사에게 질문하는 흐름이었다. 사에키 팀의 순서는 네 번째였다. 당연히 그녀가 나오자 장내가 술렁였다. 분위기 메이커를 자처한 듯 촐싹대는 사람이 휘파람을 불었다.

무대 앞에 준비된 객석은 얼마 되지 않아서 나는 많은 관객과 함께 서서 보았다.

『근처 학교에 다니지만, 어디인지는 비밀이에요.』

『그렇군요. 그럼 그렇게 하죠. 남자들이 몰려가면 학교에 민폐니까요.』

사에키의 농담 섞인 대답과 사회자의 답변에 웃음이 일었다.

『그럼 어떤 경위로 이곳에 오셨나요?』

『네. 남자 친구와 함께 놀러 왔는데 마미야 씨가 말을 걸어 주셨어요.』

마미야는 사에키의 머리를 세팅한 사람이다.

『이런. 남자 친구와 오셨나요? 그 남자 친구는 지금 어디에 있죠?』

『물론 보고 있어요.』

순간 나는 가슴이 철렁했다. 저기에 있다며 가리키지는 않겠지?

『그래도 그것도 비밀이에요. 주목받는 걸 싫어하는 사람이거든요.』

하지만 이내 사에키는 그렇게 덧붙여 말했고 나는 안심했다.

『알겠습니다. 그렇게 하죠. 개인적으로는! 개인적으로는 찾아내어 매달아두고 싶어서 참을 수가 없지만요!』

또다시 객석에 웃음이 일었다. 사회자가 사적인 감정을 드러내지 말라고 생각했지만, 이것도 장내 분위기를 끌어올리기 위한 기술이리라.

『그럼 다음으로 사에키 양을 꾸민 마미야 군의 이야기를 들어보겠습니다. 마미야 군, 나와주세요.』

그 뒤로는 분위기를 바꾸어 진지하게 이벤트를 진행했다. 그렇게 능숙하게 구분 지으며 이벤트 자체를 고조시키는 거겠지.

하지만 나는 사회자의 의도와는 정반대로 그다지 고조되지 않았다.

§ § §

귀갓길.

시곗바늘은 이미 5시를 지나고 있었다.

낮에는 이 시기치고는 파격적으로 따뜻했지만, 기온과 일몰은 관계없다. 11월 중순이라는 때에 걸맞게 주위는 이미 어두워지기 시작했다.

"설마 우승할 줄이야."

옆에서 걷던 사에키는 기분이 좋아 보였다. 그녀의 말대로 헤어 메이크업 콘테스트는 마미야와 사에키 팀의 우승으로 막을 내렸다. 마음에 들었는지 그녀의 머리카락은 아직도 그대로였다.

"딱히 당신이 뭘 한 것도 아닌데요."

한편 나는 여전히 유쾌하다고는 말할 수 없었다.

"그 정도는 나도 알아."

사에키는 쓴웃음을 지었다.

"마미야 씨는 훌륭해. 그런 사람이 미래에 카리스마 미용사라고 불리는지도 모르지."

"글쎄요. 어떨까요."

나는 또다시 받아쳤다. 왜인지 계속 트집을 잡고 만다.

"오늘 우승한 것도 모델이 좋았기 때문일지도 몰라요. 대회장에서도 당신 차례에 가장 뜨거운 분위기였거든요."

"엥~. 그렇게 말해주니 기쁘지만, 심사위원은 그렇게 개인적인 감정을 섞지 않을 거야. ……그보다 유미즈키, 아까랑 말이 반대인데?"

사에키가 그렇게 지적했지만, 물론 그 정도는 나도 알고 있었다.

"오늘 유미즈키는 조금 이상해."

"……알아요."

"응?"

"제가 이상하다는 것 정도는 알고 있어요."

생각해 보면 오늘은 줄곧 이상했다. 아무래도 여기까지 오니 인정하지 않을 수 없었다.

"솔직히 말할게요. 저는 지금 그 머리 모양이 마음에 들지 않아요. 물론 어울리기는 해요. 하지만 제가 좋아하는 건 당신의 긴 머리가 빛나며 찰랑거리는 모습이에요."

그래서 설령 그것이 미래의 카리스마 미용사가 만든 결과물일지라도, 설령 그것이 잘 어울린다 해도 나는 그것이 탐탁지 않았다.

갑자기 사에키가 걸음을 딱 멈추었다.

"왜 그래요?"

뒤늦게 발을 멈추고 묻는 내 앞에서 사에키는 자신의 머리에 손을 뻗어 헤어핀을 하나 뽑았다.

그러자 틀어 올린 머리카락이 흘러내렸다. 마치 중력이 느껴지지 않는 듯 느린 움직임이었다.

사에키는 이번엔 양손으로 머리카락을 쓸어올려 재차 자연스럽게 풀어헤쳤다. 그리고 가볍게 고개를 젓자 그것만으로 원상복구되었다. 그녀는 "……휴우" 하고 해방감이 느껴지는 한숨을 한 번 내쉬었다.

그 머리 모양이 헤어핀 하나로 유지된 것도 놀랍지만, 방금 그 일련의 동작만으로 깔끔하게 평소의 형태로 되돌아간 사에키의 머리카락에도 놀랐다. 분명 평소에도 정성껏 손질하는 것일 테지.

"확신했어."

사에키가 말했다.

"유미즈키는 머리카락 페티시야."

이거 또 듣기 불편한 말을 하는군. 아무한테나 그러는 건 아니다.

"아니, 그보다…… 괜찮아요?"

"괜찮아. 유미즈키가 좋아하지 않으면 의미 없으니까. ……조금 아깝기도 하지만. 다시 한번 직접 하라면 못 할 것 같거든."

그렇게 쓴웃음 지으며 사에키는 다시 걸어가기 시작했

다. 나도 발을 내디디며 그 옆에 나란히 섰다.

"별수 없으니 집에 가면 마음껏 만지게 해줄게."

"그렇게까지는 됐습니다."

너무나도 매력적인 제안이기는 하지만.

"게다가 제가 이상한 건 다른 이유 때문이에요."

사에키의 옆에서 나는 더듬더듬 말을 이었다.

"저는 당신을 좋아해요."

"응? 그, 그건 전에도 들었는데."

그녀는 곤란하면서도 쑥스러운 목소리를 냈다.

"맞아요. 저도 기억이 나요."

정전되었을 때의 일이다.

"하지만—— 지금은 당신을 아무에게도 빼앗기고 싶지
않아요. 아무 데도 가지 않길 바라요. 그런 기분을 도무지
억누를 수가 없어요."

이야기를 하다가 마침내 깨달았다. ——이것은 독점욕
이다.

헌팅하는 남자에게 화가 났다.

마미야라는 미용사 지망생에게 불쾌함을 느꼈다.

요컨대 단순한 독점욕.

이런 나를 사에키는 어떻게 생각할까? 유치하다며 웃
을까?

하지만 의외로 그녀는 당장은 아무 말도 하지 않고 한동
안 걸은 뒤 마침내 입을 열었다.

"나도 그럴 때가 있었어. 어쩌면 지금도 그럴지 몰라. 그래서 그 마음을 잘 알아."

"그런가요?"

"응. 그러니까——."

갑자기 사에키는 종종걸음으로 앞서 가더니 가로막듯이 내 앞에 섰다.

"음."

그리고 눈을 감고 턱을 들며 입을 내밀었다.

뭐? 지금 여기서?

"으음."

갑작스러운 상황에 내가 당황하자 사에키는 재촉하듯 한 번 까치발을 들었다가 내렸다.

나도 모르게 주위를 확인했다. 길은 이미 주택가로 들어서서 주위에 사람은 없었다. 걸으며 이야기를 나누는 와중에 해도 완전히 저물어 주위는 이미 어두웠다.

상황은 허락하는 모양이었다.

내 안의 독점욕이 나 자신을 움직이게 했다.

나는 사에키의 앞에 서서 그 어깨에 살며시 손을 얹은 뒤—— 입술을 포갰다.

부드러운 감촉.

그것을 더 느끼고 싶어서 나는 그녀에게 요구했다. 그녀도 그것에 응했고, 반대로 요구하기도 했다.

"음…… 그만, 하앗."

도중에 그녀가 산소를 원하듯 괴롭게 신음했다. 하지만 금세 나는 그 입술을 다시 포갰다.

정신을 차리고 보니 우리는 손가락을 얽어 손을 맞잡고 있었다.

그리고.

"길어!"

사에키가 나를 떨쳐내듯 밀쳤다——. 하지만.

직후, 그녀의 움직임이 멎었고, 한 박자 쉰 뒤 몸이 기울기 시작했다. 나는 즉각 땅을 박차며 그것을 잡았다. 사에키는 힘없이 내게 기댔다.

"흠냐."

그 입에서 어째 묘한 소리가 새어 나왔다.

"왜, 왜 그래요?"

"현기증이 나……."

"……."

내 잘못이겠지.

"걸을 수 있나요?"

"아, 응. 아마 괜찮을 거야."

어쨌든 사에키는 자신의 다리로 서서 걷기 시작했다. 얼굴이 뜨거운지 손으로 파닥파닥 부채질을 했다. 그녀는 공랭식인 모양이다.

"정말로 오늘 유미즈키는 이상해. 평소에는 이렇게 안 하면서."

"반성하고 있어요."

나도 조금 놀랐다.

옆에서는 사에키가 "……딱히 상관없지만" 하고 중얼거리는 것이 들렸다.

"집에 가서 계속할까?"

"자중하기 위해서라도 그건 사양할게요."

뭐.

아무튼 덧쓰기 축제 데이트는 이것으로 끝이다.

"엥~. 나는 해주길 바라는 게 있는데."

끝났을 터인데 선택지를 하나만 삐끗해도 연장전에 돌입할 것 같다.

사에키와
한 지붕 아래

에피소드

"오늘은 그만 끝이에요"라고
그는 말했다

'll have Sherbet

낮에 유미즈키와 근처 대학의 축제를 보러 갔다가 돌아왔지만 나는 줄곧 침대 위에서 몇 번이나 뒤척였다.

진정되지 않았다.

마음속이 소란했다.

이유는 알고 있다. 집에 오는 길에 유미즈키와 그런 일이 있었기 때문이다.

그는 나를 좋아한다고 했고, 아무에게도 넘기고 싶지 않다며 키스했다.

질식할 정도의 키스.

그렇게 거친 유미즈키는 처음이었다.

그리고 지금의 나는 그런데도 아직 부족하다고 느꼈다.

그가 더 만져주길 바랐다.

더 만족시켜주길 바랐다.

아까부터 줄곧 그렇게 생각했다. 그때의 열기가 아직 몸속에 남아 있었다.

"……."

하지만 이렇게 있어 봤자 해결이 되지 않기에 일단 방에서 나가기로 했다.

몸을 일으켜 침대에서 내려갔다. 거실의 모습을 살펴보려고 문을 살며시 열었다――. 그러자 그곳에는 유미즈키가 있었다. 자신의 좌식의자에 앉아 커피를 마시며 책을 읽는 중이었다. 텔레비전도 켜져 있었다.

유미즈키도 이내 나를 알아챘다.

"살금살금 뭐 해요?"

"아, 응, 잠깐 좀……."

들킨 내가 몸을 스르륵 미끄러뜨려 방 밖으로 나왔다.

유미즈키는 어쩐지 평소대로다. 나는 방에서 몸부림치고 있었는데 이 평범한 모습은 뭘까? 조금 발끈했다.

"서 있지 말고 앉지 그래요? 커피라도 끓일까요?"

"아니. 커피는 됐어."

"그래요? 사에키, 아까부터 이상하네요."

그렇게 말하며 유미즈키가 작게 웃었다.

귀갓길에 보여준 자신의 모습을 젖혀두고 그런 말을 한다고? 마침내 본격적으로 화가 났다. 아까까지 많은 생각을 했지만, 그것도 바보 같기만 했다.

"저, 저기, 유미즈키. 아까 하던 걸 마저 하지 않을래?"

직구 승부.

유미즈키는 크흡 하고 일순 목이 메었다.

"……안 해요."

"뭐? 왜?"

나는 유미즈키의 옆에 철퍼덕 앉았다. 맨다리에 짧은 바지 차림이라 나무 바닥이 차가웠다.

유미즈키는 이쪽을 힐끗 봤지만, 금세 책으로 시선을 돌렸다. 경계심이 가득한 얼굴이었다.

"왜냐니요. 마저 할 게 없으니까 그렇죠."

단호하게 말했다.

"그것뿐만 아니라 그 밖에도 여러 가지가 있을 텐데."

"유감스럽지만, 저는 전혀 몰라요."

"우우."

나는 입을 비뚜름하게 찡그렸다.

"……알았어. 유미즈키는 나를 좋아하지 않는구나."

"무슨 바보 같은 소리죠?"

그는 진저리치듯 말했다. 제대로 대꾸할 생각이 없는지 여전히 책을 보고 있었다.

"그게 그렇잖아. 여자 친구가 이렇게 말하는데 전혀 쳐다도 보지 않는걸. 그렇게 생각하는 게 당연하잖아."

"그런 문제가 아니에요."

"그럼 어떤 문젠데? 알았다. 벌써 내가 질렸구나? 내가 성가신 거구나?"

"적당히 좀 해요. 제가 언제 그런…… 으읍."

이래서야 짜증이 나겠지. 유미즈키가 불평을 하고자 이쪽을 본 그 순간── 나는 몸을 앞으로 내밀어 그에게 키스했다.

유미즈키가 깜짝 놀라 굳어 있는 틈을 타 되도록 오래 입술을 포갰다.

"……미안해. 거짓말이야."

그리고 그에게서 떨어져 조용히 사과했다.

"사실 그런 생각은 하지 않아."

유미즈키의 마음은 이미 조금도 의심하지 않는다. 그렇게 영문 모를 짓을 하며 한때 떠나갔던 나를 용서하고 다시 받아들여 준 사람인걸.

"하지만 더 만족하고 싶다는 건 정말이야. 유미즈키와 더 붙어있고 싶어."

그는 조금 곤란한 듯한 표정을 지었다.

"별수 없네요. 분명 제게도 원인이 있을 테지요."

"유미즈키, 사랑해!"

나는 여느 때처럼 그의 무릎 위에 올라갔다. 완전히 익숙해진 자세였다.

우선은 키스부터.

입술을 포갤 뿐인 키스에서 점차 서로를 갈구하게 되었다.

"음…… 잠깐 기다려."

격렬해지기 전에 일단 떨어졌다.

거기서 나는 입고 있던 얇은 긴 소매 후드티를 벗고 탱크톱 차림이 되었다.

"왜 벗는 거예요?"

몸매가 잘 드러나는 탱크톱 차림에 유미즈키는 눈 둘 곳을 몰라서 당황했다.

왜냐고? 이래야 유미즈키를 더 느낄 수 있으니까.

"날 만져줄래?"

"……."

유미즈키는 잠시 망설인 뒤 내 봉긋한 가슴에 손을 얹었다.

그는 난폭하게 굴지 않았다. 마치 모양을 확인하듯 조심스레 쓰다듬었다. 하지만 오히려 그것이 초조하게 만들어 애가 타기도 했다.

그러면서 키스를 하자 머리가 녹아내릴 것 같았다.

아직 이런 건 손에 꼽을 정도밖에 하지 않았지만, 나는 이 느낌에 중독된 모양이었다.

"알아? 나는 집에서는 브래지어를 거의 하지 않아."

살짝 놀리며 탱크톱 위에서 그라비아 아이돌처럼 가슴 끝만을 손으로 가린 포즈를 취했다.

"뭐, 그런 것 같더군요."

유미즈키는 조심스레 그렇게 대답했다.

역시 알고 있었구나? 움직임이 자연스럽고, 모양이 미묘하게 올록볼록해서 알았을까?

"……직접 만져볼래?"

나는 탱크톱 끝자락을 살짝 들어 올렸다.

"당연히 안 되죠."

"그럴 줄 알았어."

여기서 긍정하지 않는 게 유미즈키다. 아빠와 약속했기 때문이리라. 나도 그걸 알면서 말한 것이기도 했다. 내가 생각해도 교활하지만, 귀여운 여자 친구의 짓궂은 장난이라고 생각하고 용서해주길 바란다.

"그만 내려가세요. 오늘은 그만 끝이에요."

"네~에."

나는 그렇게 대답해놓고 깨달았다.

"응? 오늘은?"

"……말실수예요."

유미즈키는 실로 겸연쩍은 모양이었다. 내게서 시선을 돌렸다.

"다음에 또 해줄 거구나?"

"안 해요."

단호하게 말하고 있지만, 입에서 나오는 단답에서는 괴로움이 배어 나왔다. 보아하니 부탁하면 또 해줄 것 같은데?

유미즈키는 내게 무르거든.

정신을 차리고 보니 나는 그의 어깨에 이마를 얹고 키득키득 웃고 있었다.

"왜 웃어요?"

"어쩐지 행복해서."

그 뒤에도 한동안 나는 행복하고 우스워서 웃음이 멈추지 않았다.

사에키와
한 지붕 아래

제3장

"나라도, 괜찮아······?"라고
그녀는 말했다

1.

우리가 대학 축제에 간 다음 날인 월요일 아침.

"좋은 아침, 유미즈키."

사에키가 나를 부르는 목소리에 눈을 뜨자 이미 그녀의 얼굴이 눈앞에 있었다. 노크 소리나 그녀가 들어오는 소리를 전혀 알아채지 못한 모양이었다. 그렇게 아슬아슬한 순간까지 잘도 잤구나.

"……좋은 아침이에요."

"응. 잘 잤어?"

사에키는 햇살처럼 웃었다.

그 뒤 그녀는 침대에서 내려가 커튼을 열었다. 쏟아지는 아침의 태양이 눈 부셨다.

"아침 식사 다 됐어."

"……알았어요."

나는 몸 위의 이불을 걷고 상체를 일으켰다. 조금 추웠다. 이제 보름만 지나면 달이 바뀌어 12월이니 당연한가? 사에키의 실내복도 계절에 맞추어 후드 달린 긴 소매 후드티로 바뀌었지만, 하의는 어찌 된 일인지 여전히 짧은 반바지였다. 다리 라인이 예뻐서 눈 호강을 하기는 하지만, 지금은 추워 보였다.

"어라?"

사에키가 무언가를 발견한 듯 소리쳤다.

"이거 멈춘 거 아냐?"

그것은 침대 헤드에 놓아둔 자명종 시계였다. 문자판이 아날로그인 정통적인 스타일이다. 웃음이 나올 정도로 고전적인 그 디자인이 마음에 들어서 샀다. 하지만 그 시곗바늘은 현재 파업 상태로 일하기를 거부하고 있다.

"건전지가 닳았어?"

"아니요……."

그렇게 일시적인 문제가 아니다.

"전에 떨어뜨렸을 때 고장 난 모양이에요."

내 말은 자연스레 빨라졌다.

사에키는 "전에?"라며 고개를 갸웃거렸지만, 머지않아 그 얼굴이 빨개졌다.

"아, 아~ 그렇구나……."

그것이 언제인지 떠오른 모양이었다. 서로 다양한 의미로 별로 떠올리고 싶지 않은 사건이다.

"그, 그럼 오늘 새로운 걸 사러 갈까?"

그녀는 화제를 전환하듯 말하며 내 책상 의자를 끌어내어 등받이에 안기듯 앉았다.

"새로운 거요?"

게다가 오늘?

자명종 시계가 고장 났다고 해서 특별히 곤란하지도 않은데. 자명종 시계의 본래 용도로는 별로 사용한 적이 없고, 시간이 궁금할 때는 고개를 돌리면 벽시계가 있다.

"그러게요. 또 당신이 늦잠을 잘지도 모르니까요."

"아니야. 봄부터 늦잠 잔 적 없잖아."

사에키는 뺨을 부풀렸지만, 물론 그런 척만 한 것이라 금세 미소로 되돌아갔다.

"어떤 게 좋아? 요즘에는 녹음할 수 있는 것도 있는 모양인데 내가 야한 걸 녹음해 줄까?"

"하지 마세요. 아침부터 그런 걸 들으면 몸 상태가 이상해질 거예요."

실은 전에 그런 걸로 유미에게 실컷 놀아나 험한 꼴을 당한 적이 있다. 폭발음이나 모기가 나는 소리나. 유미가 자신의 목소리로 "……오빠, 오빠" 하는 것도 있었지만, 그게 가장 효과 있었다는 건 무슨 조화일까? 주위에 흔히 나도는 괴담보다 더 무섭다.

"지금 여기서 정할 것도 없잖아요? 가게에서 생각하죠."

"응, 알았어. 그럼 하굣길에 역 앞 쇼핑센터에 들르자. ……그럼 얼른 밥 먹어."

그렇게 오늘의 약속을 정하고 기분 좋은 사에키는 발랄한 발걸음으로 방을 나섰다.

§ § §

평소보다 일찍 등교하여 신발장에서 조금 떨어진 곳에 있는 보건실 앞에서 보건교사인 후지사키 선생님과 맞닥

뜨렸다.

"어머."

나와 사에키를 알아챘다.

슈트에 얇은 코트 차림으로 바로 지금 보건실의 문을 열려는 모습을 보아하니 방금 출근했구나.

"안녕하세요?"

"안녕?"

후지사키 선생님은 손을 멈추고 이쪽으로 돌아서서 우리를 보았다.

"오늘도 사이좋게 같이 등교했네."

선생님에게는 전에 나와 사에키의 집이 가깝다고 말했지만, 단순히 그뿐만이 아니라 우리가 어떤 관계에 이르렀는지 알고 있을 것이다. 보건실에 많은 학생이 드나들기 때문이기도 하지만, 학생이 툭 터놓고 말하기 편한 선생님이라는 이유도 크다. 후지사키 선생님에게는 다양한 정보가 모인다.

"신기한 일이네. 이렇게 말하기는 뭐하지만, 유미즈키가 이렇게까지 인기 많을 줄은 몰랐어."

"솔직히 저도 신기해요. 하지만 사에키의 경우에는 일종의 임프린팅이라고 생각하면 일단 납득할 수 있지 않을까요?"

"그렇구나."

그러자 후지사키 선생님은 납득했지만.

"내가 병아리야?"

"아야."

사에키가 내 옆구리를 꼬집었다.

"아아, 하지만 괜찮네. 이건 이것대로 어울려."

웃으며 그런 말을 해줘도 설득력이 부족하지만.

"여기서부터는 보건체육 교사로서 하는 말인데── 뭔가 상의할 일이 있으면 언제든 찾아와."

"네?"

"'곤란한 일'이라는 의미뿐만 아니라 모르는 거나 진지한 질문에도 분명하게 대답해줄게. 가장 해서는 안 될 것은 행동 그 자체보다도 지식이 없거나 실수하는 거야."

선생님으로서는 확실히 중고교생이 가장 주의해야 할 연령이겠지만, 하지만 이건…… 나도 모르게 말문이 막혔다.

거기서 사에키가 대답했다.

"괜찮아요. 유미즈키는 실망스러울 정도로 그런 낌새가 없거든요."

"우등생인데 대담한 소리를 하는구나……."

후지사키 선생님도 놀란 모습이었다.

"없으면 없는 대로 그게 고등학생다워서 좋구나. 학생의 본분은 공부란다."

"그렇지요."

"그럼 가보겠습니다."

나와 사에키는 각각 머리를 숙이고 보건실 앞을 떠났다.

조금 걸은 뒤 사에키가 입을 열었다.

"우등생이라니."

우습다는 듯 웃었다.

"대체 누가요."

"괜찮아. 학교에서는 분명히 우등생이니까."

그건 인정하는 바다. 얌전하지만 밝고 화려한 미소녀. 그것이 사에키 키리카다.

"학교에서는 그렇죠. 그런데 집에서는……."

"조금 야합니다."

정말 치가 떨릴 따름이다.

"어제의 유미즈키는 대단했습니다."

"학교에서 이상한 소리 하지 말아요."

주위에 아무도 없으니 망정이지.

그리고 가장 큰 문제는, 그것이 농담도 뭣도 아니라 사실이라는 점이리라. 이게 다 귀갓길에 내가 그녀를 들쑤셨기 때문일 테지만.

점점 나의 자제심에 자신이 없어진다.

물론 다시 생각해 보면 처음부터 그런 것은 갖추지 않았을지도 모른다. 나는 예전에 분노에 차서 날뛰던 인간이니까.

§ § §

점심시간에 스즈메가 나를 찾아왔다.

그 뒤에서는 호류가 절레절레 고개를 젓고 있었다. 별로 탐탁지 않아 하는 그녀를 스즈메가 끌고 왔으리라.

그때 나는 나의 주된 말벗인 야가미도 없이 최근에 빌린 만화를 대충 보던 중이었기에 그녀가 다가오는 것은 알아챘다.

"후후후훗…… 아니, 그게 뭐야? 만화?"

어쩐지 의기양양하게 웃으며 찾아온 스즈메는 내가 읽는 책을 보고 소리쳤다.

"빌린 거예요."

"뭐든 상관없어. 그런 걸 읽지 말고 공부를 해, 공부를."

스즈메는 반장의 말투로 외쳤다.

"점심시간 정도는 마음껏 쓸게요. 교과서나 문학 전집을 읽는 게 더 훌륭한 것도 아닐 텐데."

참고로 이것은 타키자와가 빌려준 것인데, 그것을 알면 스즈메는 어떤 표정을 지을까?

타키자와는 그래 봬도 제법 만화광이다. 서점에 들어가 마음에 드는 책이 있으면 그대로 곧장 계산대로 가져간다. 재미있으면 부탁한 적도 없는데 다음 날 빌려준다. 아무 말도 없으면 그것은 꽝인 것이다.

"애초에 제가 소설을 읽어도 그건 그것대로 뭔가 의심을 할 거잖아요?"

"……유미즈키라면 야한 소설에도 커버를 씌워서 당당히 읽을 것 같아."

스즈메는 잠시 생각한 뒤 그렇게 대답했다. 그녀의 마음 속에서 나는 대체 어떤 인간일까?

스즈메의 뒤에서는 호류가 이 대화를 듣고 키득키득 웃고 있었다.

"그래서 용건이 뭔데요? 아까 구련보등을 잡은 것처럼 어쩐지 기분 나쁜 미소를 짓던데요. 갑자기 죽어도 몰라요."

(구련보등은 마작의 족보 중 하나로, 구련보등의 패를 잡으면 죽는다는 미신이 있다.)

"……구련보등은 오버야."

기분 나쁜 건 괜찮고?

"그건 그렇고—— 어제 사에키랑 데이트했지?"

스즈메는 재차 짓궂은 미소를 지었다.

"그야 사에키와는 어쨌든 사귀고 있으니까요. 그 정도는 하지요."

"게다가 대학 축제에서."

응? 아아, 그렇구나. 그런 거구나.

"대체 정보원이 어디죠?"

"그건 비밀이야."

흐흠, 하고 스즈메는 코웃음 쳤다. 아무래도 남의 약점을 쥐고 기세가 등등한 모양이었다. 딱히 약점도 뭣도 아니지만.

"여전히 뜨겁구나. 사에키가 무대에 올라가서 우쭐해진 건 아니지?"

제법 자세히 알고 있군. 어지간히 확실한 정보원을 가진 것 같다.

문득 나는 어제 일을 떠올렸다.

무대 위에 있는 사에키. 머리카락은 미래의 카리스마 미용사의 손으로 깔끔하게 세팅되었고, 사회자의 인터뷰에 조금 쑥스러워하면서도 위축되지 않고 대답했다. 모두 그녀를 주목했다.

과연 그때의 나는 그녀를 자랑스럽게 생각했을까?

"⋯⋯딱히 그렇지 않았어요."

내 말투는 내가 생각해도 의외일 정도로 딱딱했다.

"응? 아아, 그래?"

스즈메가 눈을 동그랗게 떴다. 게다가 호류 쪽은 그 이상의 무언가를 알아챈 모양이었다. ⋯⋯실수했군.

나는 분위기를 본래대로 되돌리고자 말을 이었다.

"질투 나서 그런 말이나 하러 온 건 아니겠죠? 용건이 뭔가요? 나츠코."

"아, 미안해. 참, 그랬네."

그녀는 '질투'에도 '나츠코'에도 반응하지 않고 본론으로 들어가려 했다. 나의 태도가 스즈메의 정신을 제법 흐트러뜨린 모양이었다.

"오늘 방과 후에 다 같이 놀러 갈까 해. 이치노미야 쪽으로. 유미즈키는 멀리 돌아가야 한다고 할까, 굳이 멀리까지 가야 하는 건데."

"그거 좋네요."

아마 다 같이 간다는 말인즉, 여기 있는 나를 포함한 세 사람과 타키자와, 야가미일 것이다. 여느 때와 같은 멤버다. 분명 간만에 모두의 일정이 맞은 모양이다.

"그렇지? 아직 구체적으로 어디에 갈지는 정하지 않았지만, 적당히 어슬렁어슬렁——."

"아쉽지만, 저는 패스할게요. 오늘은 사에키와 선약이 있거든요."

"뭐야? 아직 데이트가 부족해?"

말을 가로막듯 속전속결로 거절한 내게 스즈메의 매서운 시선이 날아들었다.

"내버려 두세요. 게다가 그저 함께 자명종 시계를 사러 갈 뿐이에요. 제 방의 자명종 시계가 망가진 걸 사에키가 봤거든요."

"왜 그런 걸 그 아이에게 들키는데?"

스즈메는 전율했다.

무슨 생각을 했는지는 상상이 된다.

"그야 고등학생다운 교제를 하니까 그렇겠죠."

"불순하네."

"이런. 저는 '고등학생답다'고 말했을 뿐이에요. 스즈메의 '고등학생답다'는 뜻은 제법 성숙하군요."

그녀는 즉각 함정에 걸린 것을 깨닫고 분노한 나머지 점점 얼굴이 빨개졌다. 가만히 생각하면 나도 성숙하다고밖에 말하지 않았다.

  "가자. 호류. 유미즈키는 앞으로 안 끼워줄 거야."

  하지만 냉정함을 잃은 스즈메는 마침내 그렇게 말하고 거친 발걸음으로 돌아갔다. 장난이 좀 지나쳤나? 반장 체질이라 성실한데. 마음이 풀릴 즈음 사과하러 가자.

  문제는 이쪽이다.

  스즈메가 떠난 뒤에도 남아 있는 사람이 한 명 있었다. 바로 호류 미유키였다.

  "유키츠구, 무슨 일 있어?"

  "무슨 일이라니요?"

  "너답지 않은 태도였어."

  그녀는 그렇게 말하며 한 칸 앞자리── 지금은 부실에 가서 없는 야가미의 자리에 앉았다. 역시 꿰뚫어 봤구나.

  "그 말이 맞아요. 아무래도 지금의 저는 저답지 않은 컨디션인 모양이에요."

  나는 확인하듯 마음을 토로했다.

  "아무래도 저는 제가 생각했던 것보다 더 욕심 많은 인간이었나 봐요. 싸우지 말고 탐하지 말라── '무욕의 승리'가 저의 좌우명이었을 텐데 말이죠."

  "나와 그 아이를 연달아 사귄 유키츠구가 말하니 무욕의 승리도 제법 설득력이 있네."

아니, 농담이었는데.

그건 그렇다 치고.

"스즈메가 말했듯이 어제 사에키는 작은 이벤트가 있어서 무대에 올라갔어요. 그때의 제가 우쭐했냐고 묻는다면 전혀 그렇지 않았어요. 속으로는 그런 곳에 있지 말고 제 곁에 있길 바랐고, 아무에게도 넘겨주고 싶지 않았어요."

"그건 독점욕이야?"

"그렇겠지요."

그건 이미 자각하고 있다. 9월부터 10월에 걸친 그 사건의 반동이 한발 늦게 이제야 찾아왔을까?

호류는 작게 웃은 뒤.

"유키츠구도 드디어 그 아이를 따라잡은 걸까?"

"……."

몰랐다. 나는 지금까지 사에키에게 뒤떨어졌었나?

확실히 유치한 독점욕이 미숙함의 발로라고 싸잡아 말할 수는 없을지도 모른다. 적어도 애정을 제대로 표현하지 않는 남자보다는 상위에 있겠지.

"그래서 오늘은 정말로 패스할 거야? 나츠코는 화나서 갔는데?"

"죄송하지만, 한동안은 사에키가 우선일 것 같아요."

"그래? 어쩔 수 없지."

호류는 조금 진저리치듯 말하며 일어섰다.

그리고 말하기를.

"알고 있어? 너는 아주 오래전부터 그 아이가 최우선이었어."

마치 진리를 추구하는 듯한 지적이었다.
그건 처음 듣네.

§ § §

그대로 무사히 모든 수업이 끝났고, 먼저 와서 기다리던 사에키와 승강구에서 합류했다.

그녀는 아침과 똑같이 밝은 미소를 보여주었다. 그에 반해 나는, 분명 6시간의 수업을 마치고 피곤한 얼굴일 것이다.

"겸사겸사 저녁 장도 볼까?"

"그래요."

길을 걸어가며 대화를 나누다가 짧은 일정이 결정되었다.

"유미즈키, 무슨 좋은 일 있었어?"

"네? 아니요. 딱히 없는데요. 왜요?"

"어쩐지 즐거워 보여서."

"……."

이건 또 중병이군.

그때, 슬랙스 주머니 속에서 휴대전화가 진동하며 착신을 알렸다. 휴대전화를 꺼내서 서브 액정을 보았다. 음성 통화였다. 상대는 유미즈키 아츠시—— 아버지였다.

"누구야?"

내가 의아한 표정이라도 지었는지 옆에서 사에키가 물었다.

"아버지요. 웬일로 이 시간에 거셨나 해서요. ⋯⋯여보세요."

통화 버튼을 눌러 전화를 받았다.

『그래. 유키츠구냐? 이런 시간에 미안하구나.』

"아니에요. 수업은 다 끝났거든요. 아버지야말로 괜찮으세요? 아직 일하는 중이시죠?"

삐딱하게 뒤틀린 나는 어머니에게는 그런 태도지만 아버지와는 평범하게 대화한다.

아버지, 유미즈키 아츠시는 딱히 유머 감각이 있거나 화술이 좋은 것은 아니지만, 성실한 성격이고 어린아이와도 진지하게 마주하여 이야기를 해주는 사람이다. 이런 나를 지금껏 키워주었고, 한때 방황하던 시기에도 단념하지 않았다. 나는 그런 아버지를 존경하고 아버지께 감사한다.

그렇게 성실한 아버지가 업무 시간에 전화를 걸다니 별일이다. 동시에 남몰래 전화를 건다고 생각하니 조금 우스웠다.

『그게 말이지.』

아버지는 딱딱한 목소리로 이렇게 말했다.

『미안하지만, 지금 말하는 병원으로 당장 와주지 않겠니? 자세한 건 나중에 설명하마.』

2.

"병원?"

아버지와 통화를 마친 내가 방금 나눈 이야기를 간단히 설명하자 사에키는 그렇게 되물었다.

"일단 아버지 말씀대로 하려고요."

"나도 같이 가는 게 좋을까?"

사에키는 걱정스레 물었다.

나는 그녀가 그렇게 말해준 의도를 즉각 이해했다.

무슨 큰일이 벌어졌을 때를 대비하여——, 이를테면 가족에게 안 좋은 일이 일어났다면 내 곁에 있어 주려는 것이리라.

"아마 괜찮을 거예요."

그녀의 마음 씀씀이에 나는 웃으며 대답했다.

아버지는 그런 사람이 아니다. 그 사람은 약간의 시간을 벌기 위해 숨겨봤자 소용없는 일을 숨기지는 않는다. 가령 가족에게 무슨 일이 있다 해도 현시점에 알고 있는 사실을 똑바로 가르쳐줄 터였다.

있을 법한 사태를 예상하자면, 아버지에게 말기 암이 발견되어 그것에 대해 전화로 말할 게 아니라 얼굴을 보고 이야기하고 싶었다는 것일까? 그건 그것대로 그 사람답다고 할 수 있겠다.

"무슨 일 있으면 전화해."

"알겠어요."

걸어가며 이야기하는 사이에 교차로에 접어들었다.

"미안하지만, 가방을 가져가 줄래요?"

"아, 응. 지갑은 잘 챙겼고?"

지갑이라면 늘 주머니에 넣어두지만, 확인차 슬랙스 위에서 그것을 만지며 "잘 챙겼어요"라고 대답했다.

그리고 가방을 맡긴 뒤 그 교차로에서 그녀와 헤어졌다.

나는 곧장 역으로 향했다.

사에키는 왼쪽으로 돌아서 아파트로 갔다.

그녀는 내가 역 쪽으로 걸어가는 모습을 배웅한 뒤 횡단보도를 건넌 듯했다.

§ § §

아버지가 말한 병원은 조금 멀었다.

학교 도시에서 20분 정도 걸리는 이치노미야로 가서 그곳에서 전철을 두 번 정도 갈아탄 뒤 다시 모노레일을 타야 하는 모양이었다.

그리고 그곳은 동시에 우리 집에서도 멀어서 가족이 이용하기에는 부자연스러웠다. 그 사실로 미루어 짐작해봐도 아버지는 물론이거니와 유미나 어머니에게 무슨 일이 있다고는 생각하기 어려웠다. 그렇기 때문에 왜 나를 그런 곳에 불렀는지 알 수 없었지만.

저녁의 러시아워가 찾아오기 전의 아직 한산한 전철 안에서 좌석 끝에 앉아 문득 아버지를 생각했다.

'아아, 그러고 보니 한 가지 예외가 있었지.'

그렇다. 아직 내게 가르쳐주지 않은 것이 있었다. 나는 이미 알고 있고, 아버지도 내가 이미 알고 있다는 것을 알아챘을 사실. 지금까지는 어렴풋이 그렇지 않을까 추측할 뿐이었지만, 올여름에 집에 돌아갔을 때 확신했다. 아버지는 이미 그 사실을 알아챘다.

어쩔 셈이지? 언젠가 때를 봐서 내게 말할 생각일까? 아니면 이대로 입을 다물 생각일까? 내가 이미 알고 있다는 이유로 말하지 않는 것은 아버지의 성격에 맞지 않는 것 같았다.

'분명 아버지도 곤란하시겠지…….'

병원 이름이 적힌 모노레일 역에서 내려 목적지인 대학병원에 도착했다.

해는 완전히 저물었다.

도중에 한 번 아버지께 병원 로비에서 기다리고 있다는

문자가 왔고, 나는 대강의 도착 시각을 계산해서 답장을 보냈다.

로비를 둘러보았다.

2층까지 시원하게 뚫린 구조였고, 청결감과 세련된 분위기가 느껴졌다. 초진과 재진 접수창구와 계산 등을 하는 창구를 갖춘 카운터 및 자동 정산 기계가 즐비했지만, 보기에 따라서는 호텔 로비 같기도 했다. 하지만 이미 시간이 시간인 만큼 사람은 많지 않았다.

"유키츠구."

나를 발견한 아버지가 즉시 다가왔다. 회사에서 직접 이곳으로 온 모양인지 양복 차림이었다.

여전히 어디에나 있을 법한 회사원 같은 사람이지만, 그 성실한 인품이 드러나는 것 같아서 흐뭇했다. 나도 평균적인 외모다. 그렇다면 아버지처럼 되고 싶다고 생각하는 것은 아들로서 당연하리라.

"갑자기 불러내서 미안하구나."

"그건 상관없지만, 대체 무슨 일이세요?"

"일단 따라오렴."

아버지는 말하기 힘든 듯 그렇게만 고한 뒤 앞장서듯 걷기 시작했다. 보기 드문 모습이었기에 나도 조용히 뒤를 따랐다. 다음에 아버지가 입을 연 것은 올라탄 엘리베이터의 문이 닫혔을 때였다. 아버지는 5층 버튼을 눌렀다. 올라가기 시작하자 몸에 가벼운 압력이 느껴졌다.

"네가 만났으면 하는 사람이 있단다."

"제가요?"

나는 사태가 제대로 이해되지 않아서 되물었다.

"유미는요?"

"아니, 너만 있으면 돼."

"그럼……."

내가 말끝을 흐리자 아버지가 다음에 올 단어를 예상하여 답했다.

"엄마도 안 불렀어. 그리고 이 일은 엄마에겐 말하지 말거라."

"……."

나만 부른 데다 비밀이란다. 도무지 의도를 읽을 수 없었다. 마치 과거에 아버지와 함께 카페에 다니던 때 같았다.

엘리베이터가 멈추었다.

내리자 눈앞에는 너스 스테이션이 있었다. 층수로 미루어 짐작건대 목적지는 병동이리라고 예상했지만, 이곳은 내과 병동일까, 외과 병동일까, 아니면 안과 병동일까? 그것을 판단할 근거는 보이지 않았다.

나는 아버지를 따라 너스 스테이션에 있는 간호사 선생님들께 가볍게 인사하고 그 앞을 지나갔다. 면회인 기록 같은 것은 필요 없는 모양이었다. 혹은 이미 방문한 아버지가 나를 데리러 밑으로 내려온 건가?

조금 걸어간 곳에 있는 병실이 종착점이었다. 4인실이
고, 이름표에는 내가 모르는 이름만 적혀 있었다.

"얼굴만 보여줘도 돼."

그렇게 말한 아버지와 함께 병실로 들어갔다.

"왼쪽 창가야."

바로 앞의 복도 쪽 입원 환자에게 가볍게 머리를 숙이며
안쪽으로 나아갔다. 칸막이 대신 있는 커튼이 살짝 닫혀
있어서 블라인드를 내린 창가까지 가서야 마침내 침대를
볼 수 있었다.

침대 주위의 사이드보드와 선반에는 수건이나 갈아입을
잠옷, 북커버를 씌운 읽다 만 책 등의 잡다한 것이 놓여 있
어서 긴 입원 생활을 엿볼 수 있었다.

침대에는 한 남성이 잠들어 있었다.

아버지보다 몇 살쯤 어린 사람이었다. 하지만 꽤 야윈
모습이었다. 아니, 말라비틀어졌다고 해야 할까?

그리고 무엇보다—— 죽음의 냄새가 났다.

처음 보는 사람이었다.

하지만 나는 이 사람이 누구인지 알았다.

알아 차리고 말았다.

"아버지, 이 사람은……."

"내 친구란다."

나는 그 대답에 나도 모르게 말을 잃었다. ……아버지는 무슨 말씀을 하시는 거지?

"네 얘기를 자주 했더니 너를 만나고 싶다더구나."

그게 아니라——라고 말하려던 때, 침대 위의 남성이 살며시 눈을 떴다. 힘이 없고 초점도 맞지 않는 눈으로 아버지와 나를 보고 살짝 웃었다.

"아, 와줬구나. 고맙다……."

꺼질 듯한 목소리로 그렇게 말하고 다시 나를 바라보며 만족스레 두세 번 고개를 끄덕이더니—— 조용히 다시 눈을 감았다.

"윽?!"

나는 황급히 옆에 있는 아버지를 바라보았다.

"괜찮아. 잠들었을 뿐이야."

그를 쳐다보자 몸을 덮은 이불의 가슴 언저리가 숨소리에 맞추어 희미하게 위아래로 들썩이고 있었다. 나는 안도하여 가슴을 쓸어내렸다.

"보는 대로야. 지금은 체력도 완전히 떨어져서 자는 시간이 더 길 정도지. ……그만 나가자."

아버지에게 재촉받아 나는 병실을 나섰다.

재차 로비로 자리를 옮겼다.

로비에서는 아까보다 더 인기척이 없어졌다. 역할을 마친 창문부터 차례로 닫혔고, 열 대 정도 늘어선 자동정산

기도 두 대를 남기고 전원이 꺼졌다. 조명도 몇 개가 꺼진 모양이라 왔을 때보다 어두워졌다.

우리는 그 어두컴컴한 로비에서 나란히 의자에 앉았다. 아버지의 손에는 캔커피가 들려 있었고, 내 손에는 밀크티가 들려 있었다. 자판기에서 산 것이었다.

"아버지, 그 사람과는 언제부터……."

나는 말을 쥐어 짜내듯 물었다.

"오래전부터 친구로 지냈단다."

"왜죠? 이해할 수가 없어요. 그 사람은 그 사람과 함께 아버지를 배신했다고요."

머리가 혼란스러워서 말이 엉망진창이었다.

첫 번째 '그 사람'은 조금 전에 만난 남자다. 그리고 두 번째는 어머니다. 나는 어느 날부터 어머니를 '그 사람'이라고밖에 부를 수 없게 되었다.

"역시 알고 있었구나?"

아버지는 확인하듯 되물었다.

"네."

"중학교 3학년 무렵이니?"

"……네."

다시 한번 고개를 끄덕였다.

"그래? 그럴 줄 알았다. 네가 변한 것도 그게 계기였겠지. 누구와든 데면데면하게 이야기하고, 때때로 이 세상을 멀리서 보는 듯한 눈빛이었거든."

역시 아버지도 내가 안다는 것을 알아챘던 것이다.

내가 그 사실을 안 것은 중3 때였다. 한밤중에 우연히 아버지와 그 사람—— 어머니의 이야기를 듣고 말았다.

말싸움은 아니었다. 아무래도 그 일에 대해서는 진즉에 해결된 모양이라 모든 것을 알고 용서하며 받아들인 아버지에게 어머니는 감사하는 식의, 조금 특수하기는 하지만 침착한 부부의 대화였다.

그런데도 내게 큰 충격이었다는 사실에는 변함이 없었고, 나는 이후 나나 어머니에게 밑도 끝도 없는 분노를 품은 채 한동안 방황했다.

하지만 결국 그런 것은 내게 어울리지 않았던 모양이라 거친 태도도 한 달 정도밖에 지속되지 않았다.

그리고 나는 그때 결정적으로 비뚤어졌다. 피가 섞인 어머니를 용서하지 못했고, 그렇지 않은 아버지께는 변함없이 존경하는 마음을 품었으며, 이전보다 더 아버지로서 사랑하게 되었다.

괴상한 역전현상이었다.

그때부터 나는 아버지와 어머니, 심지어는 타인들에게까지 적절한 거리감을 재는 방법을 알지 못하는, 지금과 같은 상태가 되어버렸다.

"그나저나 너는 나와 달리 똑똑하구나. 내가 너의 반만큼이라도 주위를 신경 썼다면 엄마에 대해 알아챌 수 있었을 텐데."

"그 사람의 배신을 말인가요?"

"마음을."

"……."

거기서는 자신을 나무랄 필요 없다.

"아버지. 아버지는 왜 그 사람과."

"글쎄다. 왜일까?"

아버지의 목소리에 쓴웃음이 섞였다.

"가엾다고 생각했는지도 모르고, 내게도 책임이 있다고 생각했을지도 몰라. 분명 그때의 나는 일에만 빠져 있었으니까."

아버지라면 분명 결혼하자마자 언젠가는 아이도 만들 생각으로 가정을 위해 일에 몰두했을 것이다.

"그래서 셋이 대화를 나누고 결론을 낸 뒤에도 그와는 친구로 지냈지. 네 모습을 보여주기도 했고."

돌아보면 아버지는 나를 데리고 나간 적이 많았던 것 같다. 그 카페도 그중 하나였다. 분명 그 사람과 시간과 장소를 정하고 한 행동이었으리라.

하지만.

"저는 아버지의 성실하고 진지한 인품을 존경해요. 하지만 이것만은 멍청했다고 말하지 않을 수가 없네요."

백번 양보해서 어머니를 용서한 것은 이해할 수 있지만, 이것만은 아무리 말해도 나와 아버지가 양립할 수 없을 것이다. 자신을 배신한 남자와 친구 관계를 유지하다니.

나는 남은 밀크티를 비우고 일어섰다.

"이해해주렴. 유키츠구. 그는 이제 얼마 남지 않았어."

"상관없어요."

차갑게 잘라 말했다.

"그만 갈게요. ……저는 이제 여기에 오지 않을 거예요."

그리하여 아버지에게 등을 돌리고 병원을 뒤로 했다.

두 번 다시 이곳에 올 일은 없으리라고 생각하며.

3.

그 뒤 2주일이 조금 더 지나 달력은 12월로 옮겨갔다.

그날, 밤늦게 집으로 돌아오자 당연하다는 듯 사에키가 무슨 일이냐고 물었기에 나는 아버지의 지인이 입원했다고만 말했다. 거짓말은 아니지만, 충분하다고도 할 수 없는 정보일 것이다.

솔직히 말하자면 나는 이제 그 사람을 잊으려 한다.

나와는 관계없는 사람이다.

만나서는 안 되었던 사람.

그러니 그만 잊고 나는 내 일상으로 돌아가자——. 그렇게 매일 나 자신에게 되뇌었다.

§ § §

"알아? 역 앞 쇼핑센터가 크리스마스 모드로 바뀌었어."

학생의 본분이니 오늘도 학교에 온 내 옆에서 사에키가 화제를 꺼냈다.

"네, 알아요. 12월 1일부터라는 모양이죠? 역 앞 광장에도 큰 트리가 서 있었어요. 참 대단하다고 해야 할까요."

며칠 전, 전철을 갈아타려고 들른 이치노미야는 11월 중순인데도 불구하고 벌써 크리스마스 일색이었다. 아무래도 학교 도시에서는 매년 12월에 들어서면 그런 장식을 하는 모양이다. 작년에도 같은 타이밍이었다고 기억한다.

"벌써 크리스마스구나."

"그 전에 기말고사가 있지만요."

"에잇, 괜한 소리를."

사에키는 불만스레 입을 삐죽거렸다.

나는 그 모습을 옆눈으로 보며 뺨이 느슨해졌다. 그 뒤 살짝 시선을 올려 겨울 하늘로 눈길을 돌렸다.

12월에 들어서며 단숨에 추워졌다. 11월 하순은 아직도 가끔—— 이를테면 대학 축제에 갔던 그 날처럼 따뜻한 날도 있었지만, 그것이 거짓말인 것 같았다.

덕분에 우리는 교복 위에 코트를 걸치고 있었다. 나는 학교에서 지정한 검은 롱코트, 사에키는 본인이 고른 붉은 하프코트였다. 일단 화려하지만 않으면 학교에서 지정한 것이 아니더라도 괜찮지만, 사에키가 가진 코트는 조금 패셔너블해서 학교에 입고 가기에는 적합하지 않아 보였다. 하지만 지적받지는 않았으니 화려하지 않으면 된다는 것도 의외로 형식적인 구실일지도 모르겠다.

참고로 학교에서 지정한 옷은 그 나름대로 디자인 센스가 제법 괜찮아서 나는 이것을 사적인 자리에서도 입는 경우가 많다. 게으름뱅이에게는 편리한 아이템이다.

"아, 맞다. 유미즈키, 연말연시에는 어떻게 할 거야?"

먼 하늘을 멍하니 바라보던 나는 사에키의 목소리에 제정신이 들었다.

"연말연시요? 실은 집에 내려가겠다고 말했어요."

그 사람의 불안한 모습과 늘 얼굴만 비치는 수준이었던 자책감 때문에 그렇게 말하고 말았지만, 지금은 후회하고 있다. 그런 일이 있었던 뒤라 별로 내려가고 싶지 않다는 것이 솔직한 심정이었다.

"아, 나도, 나도. 부모님이 번갈아 가며 집에 오라셔."

사에키는 쓴웃음을 지으며 말했다.

그게 건전한 가족의 모습일 테지.

"유미즈키는 얼마나 있을 예정이야?"

"글쎄요. 말일에 내려가서 1월 3일 정도에는 돌아오려고 해요."

"그럼 나도 그렇게 해야겠다."

나와 같은 날 돌아오는 것만 정하고 자세한 일정까지는 정하지 않은 모양이었다.

거기서 나는 문득 깨달았다. 안이하게 말일부터 1월 3일까지로 생각했지만, 지금 그 집에 들어가 나흘이나 있기는 조금 고통스러울지도 모르겠다.

"어쩌면 조금 일찍 돌아와서 2일 밤에라도 돌아올 수도 있겠네요."

"그럼 나도."

"……."

"……."

"역시 1일에 돌아올게요."

"그럼 나도 그날 올래."

왜 내게 맞추지?

"……사에키."

"뀨잉?"

대답 대신 묘한 소리가 돌아왔다.

"본인 생각은 없나요?"

"하지만 어쩔 수 없잖아. 유미즈키와 빨리 보고 싶은데 유미즈키가 없는 곳에 돌아와 봤자 쓸쓸할 뿐인걸. 그러니까 유미즈키와 같은 날 나가서 유미즈키와 같은 날 돌아오려고."

굉장하다. 한 번의 발언 속에 내 이름이 네 번이나 나왔다.

"일정을 맞추는 정도야 딱히 상관없지만요. 그건 나중에 다시 정해요."

"그래. 그보다 그 전에 더 큰 이벤트가 있을 텐데?"

"뭐가 있죠? 아아, 기말고사요?"

"이~봐~요~."

사에키는 발을 동동 구를 기세로 화를 냈다.

큰 이벤트라면 분명 24일경에 있는 그것이리라. 물론 그 정도는 알고 있지만, 일찍부터 신경 써서 일정을 정하는 것도 내키지 않았다.

교차로에 접어들었다.

"그 이야기는 여기까지 하죠."

"못 살아."

사에키가 원망스러운 시선을 보냈지만, 지금은 모르는 척해두자.

이 교차로를 건너면 학교 도시의 역에서 학교로 향하는 코스에 합류한다. 이르지도 늦지도 않은 이 시간엔 적잖은 미즈노모리 학생이 걸어 다닌다. 남에게 들려줄 수 없는 이야기는 여기까지다.

신호가 초록색으로 바뀐 것을 보고 횡단보도에 발을 내디디자 그 맞은편에 멈춰 서서 우리를 기다리는 학생의 모습이 보였다.

"아, 오쿄다."

사에키의 반 친구인 사쿠라이였다.

"안녕? 오쿄."

"안녕? 키리카. 유미즈키 선배도 안녕하세요?"

사쿠라이는 사에키와 손을 짝짝 맞대며 내게도 인사를 건넸다.

"안녕하세요?"

한 명이 늘어나 셋이서 학교를 향해 걸었다. 내 왼쪽 옆에는 사에키, 그 맞은편에 사쿠라이가 섰다.

"키리카, 교실에 도착하면 영어 노트 좀 보여줘~."

"또? 또야?!"

"그러지 말고. 했지? 내가 걸린다는 건 키리카도 걸린다는 뜻이니까."

예상컨대 출석번호 순으로 시키는 선생님일 것이다.

"말해두겠는데, 나는 걸리고 말고와 관계없이 매번 확실히 예습하고 있어."

"훌륭해! 과연 나의 키리카야. 조금이라도 좋으니 그 성실함을 나눠줘. ……가능하면 알기 쉬운 형태로."

두 사람은 아침부터 씩씩하게 지치지도 않고 즐거운 듯 떠들었다. 보기만 해도 힐링이 된다고 할까? 지금은 조용히 갤러리로 있고 싶은 기분이었다.

그런 생각을 하는데.

"유미즈키 선배, 무슨 일 있으세요?"

사에키의 맞은편에서 사쿠라이가 얼굴을 엿보았다.

"왜요?"

"으~음, 조금 기운이 없어 보인달까요?"

"그런가요? 딱히 별일 없어요."

제법 날카롭다.

"흐흐~음. 이참에 좋은 걸 알려드릴게요."

그렇게 말하며 그녀는 뒤쪽으로 빙 돌아 내 오른쪽 옆으로 다가왔다.

"요전번에 키리카와 함께 인터넷에서 좋은 물건을 찾았어요. 바로 미니스커트 산타 의상이에요. 이걸로 이번 크리스마스는──."

"야."

말이 채 끝나기도 전에 사에키의 목소리가 그것을 가로막았다.

평소에 둘이서 대체 무엇을 하는 걸까? 머리가 조금 지끈거렸다.

"쓸데없는 소리 하지 마!"

이번에는 사에키가 내 뒤를 지나 사쿠라이의 등을 밀었다.

"잠깐, 키리카. 밀지 마."

"자, 얼른 교실에 들어가서 노트나 베끼자. 빨리 걸어."

마치 내게서 사쿠라이를 떼어내듯 앞으로 성큼성큼 나아갔다.

"알았어. 알았다고. 빨리 걸을게. 빨리빨리…… 빨리빨리키리카. 웃기지……? 앗, 엥? 왜 속도를 높여?! 아아~

앙, 유미즈키 선배."

그리고 마침내 뛰기 시작하더니── 시끌벅적한 하급생들의 알 수 없는 기차놀이는 등교하는 학생 사이를 빠져나가 그대로 그 끝에 보이던 교문으로 밀려들어 모습을 감추었다.

기운이 넘치는구나.

그나저나 나로서는 평소와 다름없이 있었는데……. 두 사람의 모습으로 추측하자면 역시 이상한 모양이다.

§ § §

그리하여 방과 후, 마침내 사에키에게도 질문을 받았다.

"역시 병원에 간 날 무슨 일이 있었어?"

야가미와 호류, 사쿠라이와 함께 하교하여 그 교차로에서 헤어진 뒤의 일이었다.

"아니요──."

"'딱히'라거나 '특별히'는 붙이지 말고."

확실하게 못을 박았다.

"무슨 일이 있으면 알려줘. 나는 유미즈키의 여자 친구잖아."

사에키는 걱정스레 물었다.

나는 한동안 생각한 뒤.

"얼버무리려 해도 소용없겠지요."

"응. 유미즈키의 여자 친구니까."

내가 말하려는 모습을 보였기 때문인지 그녀는 아까와 같은 말을 반복하며 밝은 미소를 지었다.

나는 한 박자 쉰 뒤 입을 열었다.

"그날, 제가 병원에 입원 중인 아버지의 지인과 만났다는 말은 했지요?"

"응. 들었어."

"그 사람은 얼마 남지 않았다는 모양이에요."

"아……."

조금 놀란 목소리였다.

나는 그 사람의 모습을 떠올렸다. 아버지보다도 젊을 텐데 심하게 야윈 얼굴로 내게 힘없이 미소 지었다──.

"저는 지금까지 가족이나 친척의 불행을 경험한 적이 없어서 이런 건 처음이에요. 그래서 조금 감상적인가 봐요."

"그렇구나."

그렇게 한동안 우리는 말 없이 걸었다.

벌써 12월이다. 수업이 모두 끝난 직후의 하늘은 아직 밝지만, 저녁의 기색이 코앞까지 와 있었다. 분명 금세 캄캄해질 것이다.

"그건 힘들겠네."

사에키가 툭 내뱉었다.

"그러게요. 그래도 당신과는 관계없는 이야기이니 너무 신경 쓰지 마세요."

그리고 나와도 관계없는 이야기다.

"유쾌하지 않은 이야기만 들려줬네요."

"아니야."

사에키는 고개를 살짝 숙인 채 가로저었다.

"그보다 앞으로의 계획을 세울까요?"

"연말연시 말이야?"

이번에는 얼굴을 들고 고개를 기울이듯 나를 보았다.

"당신은 아침에 직접 한 말도 잊었나요? 그 전에 큰 이벤트가 있다면서요?"

"아……."

순간, 사에키의 얼굴이 확 밝아졌다. 그렇다. 굳이 내 개인적인 사정을 말해서 이 얼굴을 찌푸리게 할 필요는 없을 것이다.

이후 남은 길을 가는 동안에도, 집에 돌아간 뒤에도 크리스마스에 하고 싶은 일에 관한 이야기는 끊이지 않았다.

아무래도 금방 결정되지는 않을 듯했다.

4.

크리스마스가 다가오는 발소리가 들려오던 어느 날 방과 후.

1년 하고도 9개월에 접어들도록 아무런 부활동도 하지 않는 나는 종례가 끝나면 거의 곧장 집으로 돌아간다.

본가에서 학교에 다니던 작년에는 야가미나 타키자와와 샛길로 빠지거나 번화가에 간 적도 있지만, 올해부터는 오히려 집이 가까워서 그런 것을 하기 힘들게 되었다. 굳이 돈을 써가며 멀리 나가는 셈이기 때문이다.

기분 전환을 하고 싶은 마음은 굴뚝같지만, 지금은 기말고사 직전이기도 하다.

교실에서 사이좋은 친구들과 헤어진 나는 어쩌면 사에키와 만나 함께 집에 갈 수도 있겠다며 작은 기대를 품고 승강구에서 조금 천천히 신발을 갈아신었다.

"아, 있다!"

그때 갑자기 신발장 뒤에서 사에키의 얼굴이 빼꼼 나타났다. 아무래도 나의 의도가 적중한 모양이었다.

"유, 유미즈키!"

그것까지는 좋았지만, 달려온 그녀는 어쩐지 초조한 모습이었다.

"오쿄가 바보가 됐어!"

"……무슨 일이 있었는지는 모르겠지만, 다른 표현이 있을 텐데요."

팔에 매달려 갑자기 무슨 말을 하는 건지 원.

"야, 키리카! 도망치지 마."

이어서 당사자인 사쿠라이가 나타났다. 분명히 사에키를 쫓아왔으리라. 양쪽 발바닥으로 샤샤샥 속도를 죽이며 마찬가지로 신발장 뒤에서 미끄러지듯 등장했다.

"아, 유미즈키 선배!"

당연히 나를 발견했다.

"마침 잘됐네요. 선배도 같이 가지 않으실래요?"

"어디에요?"

"키리카네 집이요!"

사쿠라이는 딱 잘라 말했다.

그렇군. 초조할 만하다.

나는 사에키를 보았다. 그녀는 침묵한 채 고개를 짧게 옆으로 저었다. 거절해. 괜찮으니 거절해. 아무튼 거절해. 눈이 그렇게 호소했다.

나는 한동안 생각에 잠겼다.

"좋아요."

"신난다!"

"뭐?!"

두 사람의 반응은 정반대였다.

"잠깐, 잠깐, 잠깐!"

망가진 레코드판처럼 변한 사에키는 팔을 얽은 채 사쿠라이에게서 떨어져서 나를 끌고 갔다. 그리고 나는 레코드판을 본 적이 없다.

"무슨 생각을 하는 거야?! 오쿄가 집에 와서 들키기라도 하면 어쩌려고!"

"둘 다 꺼리는 게 훨씬 더 수상하잖아요?"

게다가, 하고 나는 말을 이었다.

"그럼 유미가 왔을 때처럼 어물쩍 얼버무리면 되지 않겠어요……? '이 자식은 글렀어, 얼른 무슨 수를 써야 해'라는 듯한 그 눈은 뭐죠?"

"……아무것도 아니야."

왜 그런 눈으로 보는 걸까?

"계속 안 된다고 말하는 것도 이제 한계예요."

사에키는 진저리와 단념이 뒤섞인 듯한 한숨을 쉰 뒤, 이번에는 사쿠라이를 찌릿 노려보았다. 사쿠라이는 몸을 움찔 떨었다.

"……유미즈키도 같이 가도 되는 거라면."

"물론이지."

사쿠라이는 흔쾌히 승낙했다.

그 조건을 내걸지 않으면 나는 어디 적당한 곳에서 시간을 때워야 하니까.

§ § §

"잘 들어. 열면 안 된다고 말한 곳은 절대로 열지 마."

그렇게 이야기가 정리되어 교문을 나서자 사에키는 길을 가며 거침없이 주의사항을 열거했다.

확실히 몇 가지 금지사항을 정해두지 않고서는 이쪽이 주의하는 것만으로 해결할 수 없는 부분도 있다. 가장 알기 쉬운 예가 내 방의 문이다. 그것을 열면 게임 오버다.

"자고 간다고 말하지 않기."

"알았대도. 내일도 학교에 가야 하잖아."

사쿠라이는 생글생글 대답했지만, 사에키는 정말로 이해했는지 의심스러웠다.

"그리고 이 이후에 느닷없이 놀러 오지 말 것."

오늘로 집이 어디인지 알게 될 테니 그럴 위험성은 있었다.

"뭐어~? 몰래 '나 왔어!'라고 해보고 싶었는데."

"하지 마."

사에키가 거친 목소리로 딱 잘라 말했다.

"그런 건 남자 친구가 생기면 해."

"우와, 그 거만한 태도는 뭐니?! 열 받아! ……그럼 유미즈키 선배 집에서 해야겠다."

"……내일 수업 시간에 뒤에서 브래지어 후크를 풀어 버리겠어."

"히익."

"언제 당하게 될지 온종일 긴장하도록 해."

사에키가 말했다. 남자에게는 그다지 와 닿지 않는 공포였다.

그나저나 이 두 사람은 온순한 콤비인 줄 알았는데 꼭 그렇지만은 아닌 모양이다. 최근 들어 알게 되었다. 이 정도라면 눈에 띄는 정도는 아니지만.

거리는 교차로로 접어들었다. 사쿠라이와 같이 집에 갈 때는 늘 여기서 헤어진다.

"키리카네 집은 이쪽이지?"

"하지만 그 전에 저와 사쿠라이는 이대로 곧장 역으로 가죠."

"네? 왜요?"

낯선 길에 기대를 품었던 사쿠라이는 그 분위기에 물을 뿌린 나를 보았다. 옆에서는 사에키도 어안이 벙벙한 모습이었다.

"남의 집에 가는 거니 뭘 좀 사 가야지요. 군것질거리나 음료수라도요."

"오오."

그러자 사에키가 손뼉을 쳤다. 나의 의도를 이해한 모양이었다.

"아, 그것도 그러네요. 그렇게 하죠. 음, 키리카네 집에 가는 길은…… 선배가 알고 계시죠? 그럼 키리카, 우리는 이따가 갈게."

"오케이."

이것으로 시간적인 여유가 확보되었다. 그동안 사에키가 위험한 물건을 정리해줄 것이다.

때마침 신호가 초록색이라 사에키만 맞은편으로 건너갔다. 우리는 직진했다.

"선배, 선배, 이대로 저희 둘만 놀러——."

"오쿄."

눈길을 보내자 횡단보도 중간의 중앙분리대 근처에서 사에키가 손을 휘휘 저으며 날뛰고 있었다. 이 거리에서 들린 건가?

"전부터 키리카네 집에 가고 싶다고 말했어요. 하지만 전혀 허락해주질 않더라고요."

역으로 가는 길에 사쿠라이는 불만을 토로했다. ……그렇군. 아까 사에키가 더 이상 거절할 수 없다는 식으로 말했던 건 이런 뜻인가? 그리고 사쿠라이도 오늘에야말로 이루겠다며 끈질기게 쫓아다닌 것이다.

"그야 사에키도 갑자기 누가 오면 곤란하겠죠. 집 정리도 하고 싶을 테고요."

그것만으로는 계속 완고하게 거절할 이유로는 약하지만.

"키리카는 그렇게 방을 어지르는 이미지는 아닌데요. ……어떤가요?"

"왜 제게 묻죠?"

갑자기 의견을 구해서 가슴이 철렁했다.

"네? 그게 선배는 가본 적이 있으시잖아요? 키리카가 자주 놀러 온다고 했어요."

사쿠라이는 자신이 무슨 이상한 소리를 했나 하고 고개를 갸웃거렸다.

아아, 그런 거구나. 아무래도 내가 실수하지 않고자 경계한 나머지 혼자 너무 당황한 모양이었다.

"네. 깔끔해요. 하지만 사쿠라이도 누가 온다고 하면 그 전에 한 번 더 정리하잖아요?"

"그것도 그러네요."

그런 말을 하는 사이에 역 앞까지 다다랐다. 이곳 쇼핑센터 1층에 슈퍼가 있다. 그곳에서 적당히 뭔가를 사 가기로 했다.

쇼핑센터 안은 저녁 장을 보러 온 손님과 하굣길의 학생으로 제법 붐볐다.

그리고 그곳에서 슬랙스 주머니에 넣어둔 휴대전화가 진동했다. 그것을 꺼내어 서브 액정을 보자 음성 통화 착신이었다.

아버지였다.

"미안해요. 전화가 왔어요. 쇼핑은 맡겨도 될까요? 저는 근처에서 기다리고 있을게요."

"알겠어요."

흔쾌히 승낙한 사쿠라이가 멀어져갔고, 동시에 나는 전화를 받았다.

"여보세요."

내가 생각해도 의외일 정도로 목소리가 차가웠다. 아버지에게 이런 말투가 나온 것은 방황하던 한때 이후로 처음이다.

「아, 유키츠구. 지금 통화 가능하니?」

"잠깐이라면요."

아버지라면 하교 시간인 걸 확인하고 걸었을 것이다.

「그래? ······지금 나올 수 있니? 그때 그 병원인데.」

아버지는 어렵사리 말을 꺼냈다.

병원.

살 날이 얼마 남지 않은 그 사람이 입원한 병원.

"상태가 안 좋은가요?"

「아니. 그런 건 아니란다. 오히려 지금은 비교적 안정적
인지도 몰라.」

"그런가요?"

조금 안도했다. 상대가 누구든 부고는 듣고 싶지 않은
법이다.

「그러니 잠시 그와 이야기를 나눠보지 않을래?」

심장이 뛰었다.

이야기를 나눈다?

대체 무슨 이야기를 하란 말인가. 아니, 그 이전에 왜 내
가 그 사람과 이야기를 나눠야 하지? 그 사람은 어머니와
함께 아버지를 배신한 사람이다. 그 바람에 나는 부정의
증표로 태어났다. 그것을 안 내가 괴롭지 않았다고? 힘들
지 않았다고? 아버지도 마찬가지일 텐데?

"됐습니다."

할 말은 없다.

「유키츠구.」

"전에 말씀드렸을 텐데요. 이제 그 병원에는 가지 않겠다고요. 저와는 관계없는 일이에요."

아버지의 말에 포개듯 그렇게 잘라 말한 나는 대답도 듣지 않고 전화를 끊었다. 내가 생각해도 그다지 칭찬받을 만한 태도는 아니지만, 지금은 다른 사람을 배려할 심경이 아니라고 스스로에게 변명을 했다.

쇼핑센터를 세로로 지나는 길에 설치된 벤치에 앉았다. 바로 앞에는 슈퍼의 계산대와 포장대가 있었다. 이곳에 있으면 사쿠라이도 찾기 쉬울 것이다. 고개를 돌려 조금 먼 곳을 바라보자 그곳은 이 시설의 중심부였고, 2층까지 시원하게 뚫린 그 중앙에 거대한 크리스마스 트리가 서 있었다. 바깥의 광장에도 트리가 있을 터였다.

"오래 기다리셨죠?"

사쿠라이가 돌아왔다. 손에 든 비닐봉지에는 과자와 페트병에 담긴 주스가 들어 있는 모양이었다.

"왜 그렇게 무서운 표정을 짓고 계세요?"

내가 그런 표정을 짓고 있었구나.

걱정하던 사쿠라이의 시선이 이번에는 아까까지 내 시선이 향하던 곳에 다다라 내가 보던 것을 발견했다.

"크리스마스 트리? 아이, 선배에게는 키리카가 있잖아요. 망할 놈의 크리스마스라는 눈으로 노려볼 건 없을 텐데요."

내가 그런 표정을 짓고 있었구나. 그건 곤란하군.

"그러게요."

나도 모르게 웃었다.

확실히 그렇다. 굳이 이 시기에 고민하지 않아도 될 일로 고민할 필요는 없다.

"사쿠라이도 내년에는 즐거운 크리스마스를 보낼 수 있으면 좋겠네요."

"그게 뭐예요?! 키리카랑 둘이서 거만하게 굴기로 작정하셨어요?! 열 받아!"

사쿠라이는 발을 동동 구르며 분노를 표출했다.

나는 그런 그녀의 손에서 비닐봉지를 거두었다.

"그럼 갈까요?"

쇼핑도 끝났고, 시간 벌이는 이 정도로 충분할 것이다. 슬슬 사쿠라이를 데리고 사에키에게 돌아가도록 할까?

5.

"이쪽이죠?"

교차로의 횡단보도를 앞에 두고 사쿠라이가 맞은편을 가리켰다. 우리 둘의, 아니, 사에키네 집에 가려면 우선은 이곳을 건너 곧장 가야 한다. 그녀와 함께 집에 갈 때는 늘 여기서 헤어지기 때문에 새삼스레 물을 질문은 아니다.

횡단보도를 건너 우리 집으로 이어진 길로 갔다.

"이 길은 처음이에요."

사쿠라이는 이제부터 갈 친구의 집에 대한 기대로 가슴이 설레는 것이 몸과 말에도 잘 드러났다.

조금 나아간 그녀는 뛰더니 그 끝에 있던 모퉁이에서 돌아보았다.

"이쪽인가요? 아니면 똑바로 가요?"

"거기서 꺾여요."

그녀를 따라 함께 주택가로 들어갔다. 조금 나아가면 바로 보인다.

"저기 있는 하얀 맨션이에요."

"아, 저거군요! 와, 세련된 집이에요. ……그런데 선배 집은요?"

"그건 비밀이에요."

지금 가는 곳이 우리 집이지만, 지금쯤 사에키가 그 흔적을 지웠을 것이다.

"사쿠라이의 기습에 피해를 입고 싶지 않거든요."

"너무해요. 키리카랑 둘이 골칫덩이 취급이나 하고."

사쿠라이는 귀엽게 뺨을 부풀렸다.

그러는 사이에 맨션에 도착하여 좁은 계단을 앞뒤로 나란히 올라갔다.

그동안 나는 생각했다. 초인종을 눌러야 할까, 아니면 문을 벌컥 열어야 할까? 문을 앞에 두고 망설일 수는 없으

니 2층에 올라가기 전까지의 짧은 시간 동안 결단을 내려
야 한다.

결국 한 가지 공정을 생략하고 문을 열기로 했다. 어차
피 뒤이어 우리가 온다는 건 예정되어 있으니까.

현관에 발을 들이며 안쪽에 말을 걸었다.

"사에키, 들어갑──."

"왔어?"

복도 끝의 문에서 사에키가 얼굴을 내밀었다.

"우와, 평범하게 '왔어?'라니……."

사쿠라이가 감탄하는 목소리를 등 뒤에서 들으며 나는
무심결에 굳었다. 여기서는 "왔어?"가 아니라 손님으로서
맞이해야 할 상황이 아닐까?

"유미즈키, 오쿄에게 슬리퍼 좀 내어줘."

그녀는 그렇게 말하고 쏙 들어갔다.

당연한 듯 내가 신을 슬리퍼에 대한 지시는 없었다. 일
말의 불안을 느끼며 슬리퍼 꽂이에서 내 것과 손님용을 꺼
내어 바닥에 두었다.

"말하자면 그게 선배 전용이군요?"

"네, 뭐."

기쁜 듯 묻는 사쿠라이에게 나는 모호하게 대답했다.

사에키는 괜찮을까? 현재의 설정을 잊은 건 아닐지 걱정
이 되었다. 하지만 늘 현관에 내놓는 내 스니커즈가 정리
된 걸 보면 아예 망각의 저편으로 간 것은 아닌 모양이

었다.

짧은 복도를 나아가 거실로 들어갔다.

"오~ 여기가 키리카네 하우스……."

사쿠라이가 감탄했다. ……하우스?

주위를 두리번거리며 호기심을 감추지 못했다.

손님을 맞은 집주인 사에키는 진한 감색 체크무늬 미니 스커트에 검은 후드티 차림으로 갈아입은 상태였다. 실내복과 외출복의 중간쯤일까? 역 앞의 슈퍼에 장을 보러 갈 때는 거의 항상 이런 차림이다.

나는 재빨리 환경 변화를 확인——했지만, 얼핏 보기에 크게 변한 곳은 없는 것 같았다. 어차피 거실에는 본래부터 내 개인 물품은 거의 없어서 황급히 숨겨야 할 것도 없었을 것이다. 단 한 가지, 내 좌식의자가 그대로 있었지만, 이것은 어떻게든 얼버무릴 수 있으리라.

"이쪽이 키리카 방이야? 그럼 이쪽은?"

"그쪽은 손님방이라고 하면 되려나?"

각자의 방문은 당연히 닫혀 있었다.

"지금은 빨래를 걷어서 던져뒀으니 열면 안 돼."

"보고 싶어!"

"안 보여줄 거야."

그 말을 듣고 처음으로 알아챘다. 확실히 그럴 수도 있겠구나. 만약 널어둔 빨래를 본다면 얼버무릴 수도 변명할 수도 없다.

그런데 정말로 내 방에 빨래를 던져뒀을까? 사쿠라이가 사에키의 방을 보고 싶다고 할 가능성도 있으니 정말로 그랬겠지. 상상하고 싶지 않은 광경이다.

나는 이제부터 어떻게 하면 좋을까? 물론 방에 들어가 옷을 갈아입을 수는 없고, 코트나 가방을 두러 들어갈 수도 없다. 우선 주방의 의자에라도 둘까?

그렇게 생각하고 주방 쪽으로 몸을 돌리자 늘 보는 커피 메이커가 떡하니 자리하고 있어서 얼굴이 굳었다. 이것은 틀림없는 내 개인 물품이지만…… 뭐, 사에키네 집에 있어도 이상하지는 않나?

"아, 유미즈키, 커피 끓여줄래?"

"네? 아, 네. 알겠어요."

커피메이커와 눈싸움을 하는데 거실 쪽에서 사에키의 목소리가 들렸다. 나도 모르게 대답을 했지만, 사에키네 집인데 내가 커피를 끓이는 건 이상하지 않을까?

"후후훗. 그건 유미즈키 거야. 여기서도 맛있는 커피를 마시고 싶다며 일부러 집에서 가져다 뒀어."

"자주 드나들어?!"

나는 무심결에 돌아보았다. 잠깐 기다려. 왜 거기서 그런 설정을 하는데? 딱히 의심할 여지가 없는 주방 가전인데.

"그보다 마치 자기 집 같네?"

"그렇게까지는 생각하지 않아요. 여기서도 제가 좋아하

는 커피를 마실 수 있도록 한 대 더 산 건 확실하지만요."

이야기를 맞추며 힐긋 사에키를 보자 그녀도 이쪽을 보며 빙긋 웃었다. 그것은 무슨 의미의 미소일까?

"그러니 맛있는 커피를 부탁해요."

"아, 저도 마시고 싶어요. 선배의 스페셜 블렌드."

"……알겠어요."

여러모로 석연치 않은 느낌을 받으며 대답한 뒤 마침내 나는 코트와 교복 재킷을 벗었다. 그리고 잘 정리해서 의자 등받이에 걸었다.

"준비할 테니 두 사람은 앉아서 기다려요."

급수 탱크에 물을 받으며 거실에 있는 사에키와 사쿠라이에게 말했다. 아마 밤에도 마실 테니 머그컵 다섯 잔 분량 정도면 될 것이다.

"키리카, 이 좌식의자 써도 돼?"

"그건 유미즈키 거니까 조심해서 써."

"또 전용이야?!"

사쿠라이는 깜짝 놀랐다. 덩달아 나도 깜짝 놀랐다. 틀린 말은 아니지만, 아니라고 말하고 싶었다.

"그저 단순히 제가 늘 그걸 쓴다는 뜻으로 한 말이에요. 결코 일부러 집에서 가져온 건 아니에요."

또 막무가내로 설정을 만들기 전에 내가 먼저 분명하게 말해 뒀다. ……내 거짓말의 비율이 더 높다니 신기한 일이다.

"그럼 사양 않고 쓸게. ……으음, 마치 사랑의 보금자리에 들어온 기분이야."

"이제 알았어? 나와 유미즈키의 애정 행각이나 보고 가도록 해."

"솔로의 지옥?!"

"그런 짓은 안 해요."

분위기에 찬물을 끼얹어서 미안하지만.

"하지만 좀 보고 싶네."

"……안 한다고 했어요."

하지만 역시 내 말을 듣지 않는 모양이었다.

§ § §

"유미즈키 선배, UNO 해요, UNO."

커피를 마시며 환담을 나누어 이 집에 대한 사쿠라이의 호기심이 한바탕 충족되었을 때, 그녀가 그런 말을 꺼냈다. 그리고 자신의 가방을 끌어당겨 그 속을 헤집었다. 늘 들고 다니는 것일까?

나는 사에키를 보았다.

"요즘 반에서 유행하거든. 알아?"

"그 정도는 알아요."

이미 사쿠라이는 케이스에서 카드를 꺼냈다. 그리고 익숙한 손놀림으로 섞었다. 분명 쉬는 시간마다 했을 것이다.

"맞다. 저를 이기면 키리카의 비밀을 알려줄게요."

"비밀이요? 뭔데요?"

몸에 밴 커뮤니케이션 능력 때문에 반사적으로 그렇게 반문했다.

"키리카는 블라우스를 입을 때 단추를 밑에서부터 잠가요."

"먼저 말하면 어떡해? 그보다 쓸데없는 소리 하지 마."

옆에서 사에키가 매섭게 위협했다. 하지만 그녀는 그것을 시원스레 무시했다.

"짓궂지 않나요? 가슴이 끝까지 남는다고요."

"제게 그런 말을 해도 곤란한데요. 사에키의 비밀은 딱히 필요 없으니 게임이나 하죠."

이길 때마다 필요 없는 정보가 늘어갈 것 같다.

그리하여 시작된 UNO 대회지만,

"저는 이걸로 끝이에요."

"끄으응……."

사쿠라이는 의외로 약했다. 학교에서 해보지 않았나? 사에키는 분명한 전략을 세우는 걸 보니 확실히 해봤을 것이다. 지금은 사쿠라이 혼자 지는 상태다. 정말로 아까 그 조건을 받아들였다면 지금쯤 난리가 났을 것이다.

"어째 선배가 강하네요."

"이런 게임은 어느 반에서나 한 번은 유행하는 법이죠."

"경험자구나."

1학년이던 한때, 나도 타키자와나 야가미와 이런 게임을 즐겼다. 카드 마작은 신나게 즐기고 있으면 스즈메가 뛰어와 불같이 화를 내기 때문에 하루 만에 그만뒀지만. ......과연 량페코(二盃口, 마작의 패)가 주특기인 나츠코다.

정신을 차리고 보니 머그컵이 텅 비었기에 나는 자리에서 일어나 주방으로 향했다.

이제 사에키와 사쿠라이의 일대일 승부다.

"리버스, 스킵, 스킵, UNO. 자, 끝났어."

"졌어. 또 졌다고."

하지만 사에키가 몰아붙여 승패가 난 모양이었다.

"이렇게 된 이상 직접 공격이다!"

"꺄."

갑자기 내지른 비명에 돌아보자 사쿠라이가 사에키를 덮치는 참이었다. 패배하자 울분이 치민 모양이다.

"하지 마. 잠깐, 기다......."

거실에서는 다가가기가 주저되는 광경이 전개되었다. 한동안 이쪽에서 한숨 돌리도록 할까? 나는 그녀들에게 등을 지고 식탁 앞에 앉았다.

"잠깐, 오쿄! 어디에 손을 집어넣는 거야?!"

"음, 치마 속? ......오오, 이런 곳에 매듭이?"

풉, 하고 하마터면 커피를 뿜을 뻔했다.

"없어. 유미즈키가 이쪽을 보지 않는다고 적당히 말하지 마. ……에잇, 계속 당하고만 있을 거라고 생각한다면 큰 오산이야."

"혀, 형세 역전?!"

우당탕탕, 요란한 소리가 여기까지 들렸다.

"그, 그만해. 모, 목, 목덜미는 안 돼. 거긴 약해. 아, 아, 아앗! ……아앙, 좀 더."

"그 반응은 뭐야?! 무서워!"

아~ 확실히 가방에 읽다 만 문고본을 넣어뒀을 터였다. 아아, 있다, 있어. 이거라도 읽고 있자.

"……나는 키리카와 함께라면 그쪽으로 빠져도 좋아."

"내가 좋지 않거든."

전혀 책을 읽을 수 있는 환경이 아니군.

§ § §

어느 가정에서나 슬슬 저녁을 먹을 시간일 무렵, 사쿠라이는 의외로 시원스레 집에 가겠다고 말했다. 밖은 이미 캄캄해서 그녀는 내가 바래다주기로 했고, 지금은 둘이서 역까지 걸어가고 있었다.

"키리카가 계속 이상해서 걱정했어요."

시답지 않은 이야기가 끊어졌을 때, 사쿠라이가 그런 말을 꺼냈다.

"학교 축제 이후에 한동안 그랬죠."

"아."

그때인가.

"별로 캐묻지는 않았지만, 혹시 싸우기라도 했던 건가요?"

"그런 건 아니지만, 조금 일이 꼬였었어요. 그래도 이제 괜찮아요."

"네. 키리카도 그렇게 말했고, 저도 이제 걱정할 필요 없다고 생각해요."

그리고 사쿠라이는 거기서 한 박자 쉬었다.

"그럼 이번에는 선배 차례예요."

"네?"

"무슨 일 있나요? 요즘 조금 기운이 없어 보여요."

걱정스레 물었다.

과연 사쿠라이가 날카로운 걸까, 아니면 내가 어지간히 이상한 걸까?

"걱정을 많이 끼쳤나 보네요. 하지만 조만간 해결될 거예요."

"정말이세요?"

지금의 내 말에 별 설득력은 없는지 사쿠라이는 불안한 듯 되물었다.

"아마도요."

심한 말이지만, 지금 나의 고민거리는 그리 머지않은 미래에 눈앞에서 사라질 것이다. 그러면 나는 다시 본래의 나로 돌아갈 수 있을 터였다. 그리고 언젠가 마음의 정리가 끝나면 아무렇지도 않게 생각할 날이 올지도 모른다.

가로등이 비추는 밤의 인도를 걸었다. 역이 가까워지자 차도를 오가는 헤드라이트의 숫자도 늘어났다.

"아, 맞다. 오늘 키리카네 집에 가서⋯⋯ 깨달았어요."

"뭘요?"

나도 모르게 목소리가 굳었다. 혹시 눈치챈 걸까? 옆을 보자 그녀도 이쪽을 보고 있어서 눈이 마주쳤다. 그녀는 어딘가 짓궂게 미소 지었다.

"그건 바로! 사실 선배는 키리카네 집에서 자주 자고 가죠?"

"⋯⋯."

그것은 맞는 말이기도 하고, 아니기도 한데⋯⋯.

"주방이나 화장실을 보니 어쩐지 그런 분위기였어요. 칫솔처럼 알기 쉬운 물건은 없었지만, 대부분의 물건이 두 개씩인 느낌?"

사쿠라이는 자신이 무엇을 발견했는지를 떠올리는지 시선을 살짝 위로 향했다.

"들켰다면 어쩔 수 없네요. 맞아요."

"역시."

내가 인정하자 그녀는 기쁜 듯 웃었다.

"사이가 좋다니까요."

그리고 아무리 기다려도 다음 말은 없었다.

"그게 다예요?"

"? 다인데요?"

고개를 갸웃거리며 의아한 듯 대답했다.

그게 다라는 모양이다. 생각해 보면 그도 그럴 것이다. 약점을 잡았다는 듯 협박할 법한 악의 있는 사람은 아니니까. 기껏해야 놀림감이 늘어났다는 정도로밖에 생각하지 않을 것이다.

"참고로 단둘이 있을 때는 어떤 느낌인가요?"

"그건 비밀이에요."

"우와, 어째 야하네요."

무슨 상상을 하는지 히죽히죽 웃었다. 바라건대 현실보다 그녀의 상상이 더 윗줄이기를.

"아, 크리스마스 트리."

벌써 역 앞에 다다랐다. 역과 쇼핑센터 사이의 광장에는 전구 장식이 달린 크리스마스 트리에 불이 밝혀져 있었다.

사쿠라이는 발을 멈추었다.

"항상 이곳을 지나는데, 어두워진 뒤에 본 건 처음이에요. ……역시 크리스마스에는 키리카와 데이트하세요?"

"그럴 예정이에요."

"그럼 실컷 기분 전환 해야겠네요."

결국 아무래도 나는 그녀에게 걱정을 산 모양이었다.

"아, 아, 이제 됐어요. 감사합니다. 선배는 이제 또 키리카네 집에 가실 거죠?"

그녀는 살짝 놀리듯 물었다.

"설마요. 저희 집에 갈 거예요."

"또 거짓말하신다. 가방도 안 가져왔는데요?"

"아⋯⋯."

이건 경솔했다.

"그럼 갈게요."

그리고 사쿠라이는 역 쪽으로 뛰어갔다. 도중에 한 번 이쪽을 돌아보며 손을 붕붕 흔들었다. 나도 가볍게 손을 들어 응답했다.

그녀를 보내고 나도 집에 가고자 몸을 돌렸을 때, 크리스마스 트리가 눈에 들어와―― 재차 올려다보았다.

돌아가면 바로 사에키와 크리스마스 약속을 잡을까? 생각해 보니 얼마 전에 자명종 시계를 사러 가자는 이야기도 흘러간 뒤 더 이상 진행되지 않았다.

6.

벌써 2학기 기말고사가 코앞이었다.

나는 내 방에서 시험을 대비하여 공부했고, 사에키는 현재 저녁 준비를 하고 있었다.

"으~음……."

문득 공부하던 손을 멈추고 끙끙댔다.

나만 공부하고 사에키는 내 몫까지 집안일을 하고 있다. 매번 있는 일이지만 도무지 탐탁지 않다니까.

나는 책상 앞을 떠나 방을 나섰다.

"사에키, 뭐 도울 일은———."

쿵.

내 말을 덮어버리듯 어디선가 파멸적인 소리가 들렸다. 깜짝 놀라 그쪽을 바라보자 주방에 있는 식탁 밑에서 사에키가 엎드려 있었다.

"크으……."

짧은 치마 밑으로 뻗은 다리를 이쪽으로 향하고 엎드린 채 쓰러져 있었다. 상황이 전혀 파악되지 않았다.

"사에키, 거기서 뭘 하는 거죠……?"

"아, 응, 할 게 좀 있어서."

포복전진 하듯 일단 맞은편으로 빠져나가 영차 하고 일어났다.

"테이블 밑에 계량스푼을 떨어뜨려서 줍고 있었는데 미니스커트라 그쪽에서 보면 파괴력이 끝내주는 도발 포즈일 것 같아서."

"아……."

그렇구나. 내가 들어오는 소리에 황급히 일어나려다 식탁 밑에 머리를 부딪쳤구나.

"미안한 짓을 했네요."

"아니야. 딱히 상관없어. 애초에 잘 생각해 보면 오늘은 제법 섹시한 걸 입어서 그렇게까지 당황하지 않아도 됐는데."

"무슨 소린지 모르겠지만, 늘 신속하게 일어나 주세요. 식탁이 뒤집혀도 되니까요."

단호하게 잘라 말했다.

"그런데 웬일이야? 저녁은 아직인데 배고파?"

"그런 건 아니지만, 당신에게 집안일을 떠맡기고 혼자만 공부하는 게 좀 그래서요. 뭐 도울 건 없나요?"

나는 그렇게 물으며 식탁 위에 쓰러져 있는 조미료를 세웠다. 다행히 쓰러진 건 소금과 후추와 고춧가루였다. 간장 같은 액체는 무사했다. 무게 덕분에 살아남았나?

"그런 건 신경 쓰지 않아도 되는데."

사에키는 작게 쓴웃음 지었다.

"그럼 금방 만들 테니 거기서 기다려."

그녀는 다시 식사 준비에 돌입했다. 나로서는 다만 기다리기도 무료했기에 행주로 식탁 위를 닦았다.

"맞다. 크리스마스 말인데요, 저녁에 학교 도시 역 앞에서 만날까 하는데요."

"오오, 저녁. 메인 이벤트는 밤이라고 생각하면 돼?"

"생각하는 건 자유지만, 제가 생각하는 것과 큰 차이가 있을 거예요."

사에키는 칫 하고 혀를 찼다. 어디까지가 진심인 건지 원.

"그럼 더 빨리 만나도 될 텐데."

"둘 다 반 친구와의 관계도 소중히 여겨야지요."

크리스마스 이브는 나도 사에키도 반 친구에게 초대받았다. 딱 잘라 거절하기도 뭐하니 제대로 얼굴을 비치고 되도록 어울릴 생각이다. 조금 일찍 빠져나오게 되겠지만.

"알았어. 그렇게 하자."

그때 사에키는 자르던 채소를 중화 냄비에 투입했다. 그러자 한바탕 큰 소리가 주방을 메웠다. 아무래도 채소볶음을 하는 모양이었다. 목소리도 제대로 전달되지 않아서 이야기를 중단하고 찬장에서 접시를 두 개 꺼냈다.

"고마워."

다 볶고 나자 이미 접시가 나온 것을 보고 사에키가 기쁜 듯 감사의 말을 했다.

"그래도 크리스마스가 끝나면 한동안 뿔뿔이 흩어지네."

채소볶음을 접시에 옮기며 그녀는 그런 말을 했다.

연말연시는 둘 다 본가에서 보낸다. 현재의 예정으로는 말일에 가서 3일 밤에 다시 이곳으로 돌아올 것이다. 일수로 4일.

"그거 말인데요, 1월 1일에 사에키네 집에 인사하러 갈까 해요."

"뭐? 그래? 따님을 제게 주십시오. 뭐 그런 느낌인가?"

"아니에요."

뭣 때문에 정초부터 여기저기서 가족회의가 열릴 법한 짓을 해야 하는데?

"단순한 새해 인사예요."

사에키의 부모님과는 그 나름대로 낯이 익었고, 특히 아저씨께는 나와 그녀가 함께 사는 걸 인정받았다. 인사 정도는 해둬야 할 것이다.

"혹시 가족끼리 시골에 내려가나요?"

"아, 그건 아니니 안심해. 그런 건 늘 추석에 하거든. 게다가 올해를 포함해서 요 몇 년은 가지 않았어."

토오루 씨가 해외 부임하면서 가족 모두가 일본에 없었기 때문이리라.

"그렇군요. 그럼 점심 이후에 찾아뵐게요. 인사를 마치면 참배라도 하러 가요."

"그거 좋다. 응. 그러자."

갑자기 오븐 토스터가 띵 하고 크게 울렸다.

그런 것을 사용했을 줄은 몰랐던 나는 갑자기 귀를 덮친 소리에 제법 놀랐다.

"자, 그라탕 완성."

사에키가 토스터 문을 열자마자 그라탕의 향긋한 냄새가 여기까지 감돌았다. 그리고 안에는 확실히 그라탕 접시 두 개가 빼곡히 담겨 있었다.

"이제 다 됐어. 자, 먹자."

"네."

그럼 그녀가 냄비 장갑을 끼우고 그라탕을 꺼내는 사이에 나는 밥그릇에 밥을 담도록 하자.

우선 약속 두 개를 잡았다.

크리스마스와 새해 첫날.

약속이 있다는 것은 좋은 일이다. 매일의 생활에 이정표가 되니까.

일단 코앞에 닥친 기말고사가 먼저겠지만.

§ § §

그리하여 시험도 무사히 끝나고—— 마침내 크리스마스이브.

지금 나는 늘 어울리는 멤버와 노래방에 와 있다.

타키자와가 록밴드의 곡을 불렀고, 야가미가 의외로 힙합 랩을 하며 분위기를 띄우자 호류가 일본인 여성 가수의 묘하게 한 서린 발라드를 불러 분위기를 다운시켰다. 취향이 다른 사람이 모인 노래방은 혼돈이 극에 달한다는 사실을 여실히 증명한다고 말할 수 있을 것이다.

참고로 예전에 호류가 한 번 샤우팅을 했을 때는 엄청난 공포…… 아니, 박력에 모두 기겁했다. 그것은 아직도 전설로 남아 암묵적으로 타인에게 누설 금지인 사건이 되었고, 이후 그때 일은 아무도 입 밖에 내려 하지 않는다. 어마어마한 위력이다.

"자, 다음은 나야."

타키자와가 노래를 마치자 스즈메가 손을 들며 일어섰다. 그대로 그 손으로 마이크를 받으러 갔다. 들려온 전주는 내가 기대하던 곡이 아니었다.

"아마기 고개 아니에요? 슬슬 나올 줄 알았는데."

"그건 유미즈키가 자꾸 뭐라고 해서 지금 연습하는 중이야. 끝내주게 부를 테니 조금 더 기다려."

그거 참 아쉽다. 그 아슬아슬하게 넘어가는 느낌이 좋은데.

"혹시 혼코노에 가나요? 과연 나츠코 씨, 고급스럽네요."

「혼코노 안 가. 그리고 나츠코라고 하지 마! 고급스럽다고 하지 마!」

마이크에 대고 화를 냈다.

그런 언쟁을 벌이는 사이에 짧은 전주는 끝났고 스즈메는 황급히 노래를 시작했다. 제법 대단한 열창이었다.

"기합이 단단히 들어갔네요."

"요전번 기말고사에서 네게 져서 그런 거 아니야?"

옆에 있던 호류가 얼굴을 들이댔다. 이 방에 울려 퍼지는 큰 소리를 고려하면 별수 없는 일이지만, 나는 노골적이지 않을 정도로만 경계했다.

"그렇게 이기지는 않았어요. 이긴 과목도 있는 정도죠."

종업식이 있던 그제 기말고사 성적이 발표되었는데, 뚜껑을 열어보니 몇 과목에서 스즈메보다 내 점수가 더 높았다. 딱히 늘 지던 스즈메에게 대항하려던 것은 아니라 그저 단순히 중간고사 성적이 좋지 않아서 그것을 회복하려 했을 뿐이지만.

"제법 열심히 공부했잖아. 마치 무언가를 잊으려는 듯이."

"……공부는 적잖이 그런 거잖아요. 주위에 소음이 많으니까요."

그리고 내 주위에는 왜 이렇게 예리한 사람이 많을까? 왠지 모르게 허무함을 느껴 문득 벽시계를 바라보자 적당한 시간이었다.

"미안해요. 그만 빠질게요."

스즈메의 노래가 끝나기를 기다렸다가 말을 꺼냈다.

"아, 벌써 시간이 그렇게 됐구나. 빠르다."

야가미가 손목시계를 보며 놀라 소리쳤다.

"어~머, 어째 바빠 보이십니다요."

"전부터 그렇게 말해 뒀잖아요. 스즈메는 또 비꼬는 건가요?"

내가 빠지면 인원수 면에서도 그렇고 짝을 이루기에도 짝 좋잖아요──라고 말하려 했지만, 모두에게 파문을 부를 법한 발언이기에 그만두기로 했다.

"올해는 이걸로 마지막이려나요?"

"그럴지도 모르지."

이번에는 타키자와가 말했다.

좁은 방의 스피커에서는 이미 다음 곡이 흘러나오고 있었지만, 아무도 마이크를 잡지 않고 나를 배웅해주었다. 이 팝송 같은 노래는 누가 고른 걸까? 설마 스즈메의 연속 선곡인가?

"새해가 되면 참배라도 하러 가자."

"좋아요."

나는 처음 가는 게 아닐지도 모르지만.

그럼 내년에 봐요——라며 크리스마스라고는 생각할 수 없는 인사를 남기고 나는 친구들 곁을 떠났다.

지금까지 이치노미야에 있다가 전철을 타고 학원 도시로 돌아갔다.

그런데 다시 사에키와 함께 이치노미야로 돌아가는 것도 이상한 이야기이니 오늘은 다른 곳으로 갈까? 가끔은 지하도를 지나 바다 쪽에 가는 것도 좋을지 모르겠다. 큰 쇼핑몰도 있고.

이치노미야를 나섰을 때는 아직 밝았지만, 학교 도시로 돌아갔을 무렵에는 어둠이 다가오고 있었다.

약속 장소는 역 앞 광장의 중앙에 있는 대형 크리스마스 트리 앞. 사에키는 이미 와 있을까? 확실히 일단 집으로 돌아갈 거라는 말은 했다.

개찰구를 빠져나와 역사를 나섰을 때, 주머니 속의 휴대

전화가 울렸다.

사에키와 만나기 직전이기 때문인지 아무런 근거도 없이 불길한 예감을 느꼈다. 하지만 단말기를 꺼내어 보니 그곳에는 아버지의 이름이 떠 있었다.

나도 모르게 무거운 한숨이 새어 나왔다.

발을 멈추고 통행에 방해가 되지 않도록 길가로 물러난 뒤 전화를 받았다.

"여보세요."

「유키츠구? 이런 시간에 미안하구나. 지금 통화 가능하니?」

"약속이 있어요. 짧게 해주세요."

나도 모르게 말투가 까칠해졌다. 돌아보면 요즘 계속 그랬다. 나도 좋아서 이렇게 차가운 태도를 취하는 게 아닌데.

「그러니?」

아버지의 목소리는 분명하지 않았다.

"무슨 일 있나요?"

「그게, 말이다…… 미안하지만, 지금 이쪽으로 와줄 수 있겠니?」

금세 깨달았다.

또 그 이야기냐며 마음이 무거워졌다.

"그 병원이요?"

「그래.」

다시 한숨을 쉬었다.

로터리의 철책에 엉덩이를 얹고 가볍게 몸을 맡겼다.

"아버지, 몇 번을 말씀드려요. 저는 이제——."

「아마 이게 마지막일 거야.」

"네?"

마지막? 그 단어가 의미하는 말인즉, 병상에 있는 그 사람은 지금…….

갑자기 가슴이 죄어드는 느낌에 빠져 눈을 감았다.

——한 박자.

다시 눈을 뜨고 목소리를 쥐어 짜냈다.

"그래도 저는…….

「유키츠구, 억지를 부린다는 건 안다. 하지만——.」

"저와는 관계없다고 말씀드렸잖아요."

나도 모르게 거칠게 말하며 단말기의 버튼을 난폭하게 눌렀다. 아버지의 목소리를 떼치듯 일방적으로 전화를 끊었다. 그대로 단말기를 어딘가에 집어 던질까도 생각했지만, 내 안의 상식과 자제심이 그것을 말렸다.

주위를 보자 오가는 사람 몇 명이 이쪽을 보았고, 나는 그 눈길을 피하듯 걸어갔다.

"젠장…….

정말 막무가내다. 그렇잖아? 실질적으로도, 서류상으

로도 그렇게 결정한 것은 본인들이면서. 그래서 나 역시 사실을 안 지금도 그것을 따르려는 건데. 그런데 왜 이제 와서……. 왜 내가 모른 척하게 두질 않는 거야? 왜 나를 혼란스럽게 만드는 거야!

나와는 관계없다──. 지금까지 몇 번이나 뱉은 그 말을 다시 한번 마음속에서 외치며 약속 장소로 향했다.

하지만 그 발걸음은 무거웠고, 역 앞 광장의 거대한 크리스마스 트리가 보일 즈음에는 완전히 멈춰 서 버렸다. 광장 끝에서 둘러보자 조명이 켜진 트리 아래에는 많은 사람이 있었다. 누군가를 기다리는 듯한 사람, 친구, 연인, 혹은 가족과 함께 트리를 올려다보는 사람들──.

그리고 그 속에 사에키가 있었다.

하얀 코트를 입은 그녀는 먼저 와서 나를 기다리고 있었다.

이다음에 나는 사에키와 어떻게 보낼까?

그녀의 곁으로 가면 나는 약속을 지키게 된다. 그리고 이따금 그 사람을 신경 쓰다가 멍해져서 사에키에게 혼나며 함께 시간을 보내게 될까? 어쩌면 그 사람은 머릿속에서 몰아내고 의외로 즐겁게 보낼지도 모른다. 그것도 충분히 가능할 법했다.

정신을 차리고 보니 나는 또다시 휴대전화를 들고 있

었다.

　주소록에서 사에키를 찾아── 걸었다. 크리스마스 트리 아래의 그녀에게 눈길을 보내며 귀로는 통화연결음을 들었다.

「아, 여보세요?」

　이내 사에키의 목소리가 들렸다.

　당연히 내 시선 끝에 있는 그 모습도 단말기를 귀에 대고 있었다.

"사에키? 저예요."

「어떻게 된 거야? 난 벌써 도착했어.」

　그렇게 말하며 그녀는 뒤로 돌아 크리스마스 트리를 올려다보았다. 등에 멘 빨갛고 작은 가방이 보였다.

"미안해요. 지금 꼭 가야 할 곳이 생겼어요."

「뭐? 무슨 소리야?」

　느닷없는 내 말에 사에키가 당황한 모습으로 되물었다.

"정말 미안해요. 나중에 꼭 만회할게요."

「자, 잠깐, 유미즈키──.」

　사에키의 말이 끝나기도 전에 전화를 끊었다. 그리고 그녀가 있는 약속 장소에 등을 지고 나는 왔던 길을 되돌아가기 시작했다.

"왜 하필 이런 날에……."

　서둘러 역으로 향하며 투덜댔다.

　표를 사서 개찰구를 지난 뒤 플랫폼으로 들어가자 때마

침 전철 도착을 알리는 방송이 들렸다. 기가 막힌 타이밍이었다. 머지않아 미끄러져 들어온 전철에 올라탔다.

승객을 태운 차량의 문이 닫히려—— 했지만, 거의 다 닫힌 그것이 일단 열린 뒤 다시 닫혔다.

『출입문이 닫힐 때 무리하게 타시면 위험하오니 주의하시기 바랍니다.』

차장이 경고하는 듯한 방송이 나왔다. 아슬아슬하게 뛰어든 바보가 있었던 모양이다.

"미치겠네."

나는 바빠 죽겠는데.

나는 또다시 불평을 했다.

흔들리는 전철 안에서 생각했다.

나는 대체 무엇을 바라는 걸까?

늦지 않게 도착하는 것? 아니면 도착했을 때는 이미 모든 것이 끝났기를 바라나?

거기서 자조하듯 쓴웃음을 한 번 지었다.

사에키와 약속도 어겼는데 그런 것도 모르는 거냐? 진절머리가 난다.

혼잡한 전철 안에서 손잡이를 잡은 채 창밖을 보았다. 차창 밖으로 보이는 크리스마스 이브의 야경은 평소보다 완만하게 흘러가는 것 같았다.

느린 전철이다.

§ § §

첫 번째 환승을 마쳤을 때는 날이 완전히 저물어 있었다. 거기서 두 번 정도 더 환승을 거쳐—— 병원에 도착했을 무렵에는 시곗바늘도 밤이라 부를 시간을 가리키고 있었다.

외래 로비의 조명은 최소한만 남기고 꺼진 상태였지만, 면회 시간은 오후 8시까지인 모양이라 아직 조금 남아 있었다. 애초에 상황이 상황인지라 면회 시간에서 벗어나더라도 핀잔을 듣지는 않을 테지만.

어두운 로비를 지나 병동으로 들어갔다. 전에 왔을 때의 기억을 더듬으며 걸어가 앞에 있던 엘리베이터에 탔다. 확실히 5층일 터였다.

5층에서 내리자 눈앞에는 너스 스테이션이 있었고—— 거기서 나는 발을 멈추었다.

기억을 따라 더듬어 오는 생각만 하느라 자신이 이곳에 오는 일의 의미를 생각하지 않았다는 걸 깨달았다.

그토록 피했는데 만날 셈인가?

만나면 어떻게 할 건데?

할 말도 준비하지 못했다. 웃을 자신도 없었다. 보낸 뒤에 눈물이 나올지도 알 수 없었다. 그런 내가 이제야 만나서 뭘 어쩌자는 것인가.

"도와 드릴까요?"

"아, 아니에요……."

지나가던 병동 간호사가 말을 걸어서 나는 재차 발을 움직였다.

복도를 천천히 걸었다.

세상과 격리된 듯한 병동 안에서도 크리스마스 분위기를 맛보기 위해서인지 벽 같은 곳에 작지만 그럴싸한 장식이 되어 있었다. 아까 지나온 너스 스테이션에도 트리나 눈 결정 모양의 펠트가 붙어 있었다.

그리하여 병실에 다다랐다.

여기가 맞나 하고 안을 엿보자 그 침대에만 칸막이를 대신한 커튼이 전보다 더 닫혀 있었고, 마치 세간의 눈길을 피해 숨은 듯했다. 발소리를 죽이고 조용히 다가가자 그 입구 부근에 아버지가 있었다. 아버지도 나를 알아채고 조금 놀란 표정을 보였다.

"들려? 유키츠구야. 유키츠구가 자네를 만나러 왔어."

나는 얼굴을 들이대고 말을 거는 아버지의 옆을 지나 커튼 안으로 발을 들였다.

결코 넓다고는 말할 수 없는 그곳에는 네 사람이 있었다. 블라인드가 쳐진 창가에는 의사와 간호사가 한 명씩 있었다. 침대 옆의 의자에는 부인으로 보이는 중년 여성이

침통한 표정으로 앉아 있었다.

　나는 그곳에 감도는 분위기를 정확하게 감지했다. 이제 보내는 일만 남았다고.

　그리고 침대 위에는 그 사람이 있었다.

　지난번보다 더 야윈 모습의 그는 아버지의 목소리에 눈을 뜨더니 내 모습을 보고 미소 지었다.

　말은 없었다.

　다만 만족스러운 미소만 보이더니 다시 눈을 감았다.

　이윽고 그 몸에서 힘과 함께 무언가가 빠져나갔고, 대신에 그의 안에 죽음이 채워졌다.

　곁에 있던 여성이 고개를 떨구고 흐느껴 울었다.

　아버지가 내 어깨를 두드렸다.

　"고맙다. 유키츠구. 이 친구도 마지막에 네 얼굴을 봐서 분명 기뻤을 거야."

　"네……."

　그렇구나. 늦지 않았구나.

　아니. 아니다.

　그게 아니다. 이래서야 마치…….

"아……."

그때 나는 스스로가 무슨 짓을 저질렀는지 이해했다.

"……밖에 나가 있을게요……."

간신히 그 말만 하고 침대에서 멀어졌다.

병실에서 나와 복도를 지나가려다── 깜짝 놀라 숨을 삼켰다.

"어떻게 당신이 여기에……."

그곳에 사에키가 있었다.

벽에 기댄 채 어떤 표정을 지으면 좋을지 모르겠다는 얼굴로 살짝 시선을 떨어뜨린 채 서 있었다. 그녀는 나를 보고 미안한 듯한 말투로 입을 열었다.

"유미즈키가 전화를 끊은 뒤에 돌아보니 뒷모습이 보였어. 그래서 따라왔어."

"그랬군요."

제대로 이유도 설명하지 않았으니 무리도 아니겠지. 나도 모르게 자조적인 미소가 새어 나왔다.

"자리를 옮기죠."

병동의 복도에 서서 이야기하는 것도 민폐다. 게다가 이곳은 금세 분주해질 것이다.

전에 이곳에 왔을 때 아버지와 그랬듯 나와 사에키는 불이 꺼진 로비의 의자에 나란히 앉았다.

"오늘은 미안했어요."

"아니야. 괜찮아."

그녀는 화난 기색도 없이 고개를 가로저었다.

"아까 그 병실은 전에 말했던……?"

"네. 아버지의 지인이세요. 하지만 방금 돌아가셨어요."

"응…….."

이번에는 작게 고개를 끄덕였다.

역시 알았던 모양이다. 만났을 때 사에키의 모습을 보고 그러리라고 생각했다. 병실 밖에서 살짝 엿보기만 해도 안이 어떤 상황인지 파악할 수 있었을 테고.

"아버지의 지인……?"

나는 방금 내가 뱉은 그 말을 중얼거렸다.

"……아니에요."

그렇다. 아니다.

아니다.

아니다.

아니다!

그 사람은……!

"아니에요. 그 사람은 제게 더할 나위 없이 소중한 사람이었어요."

"응? 그게 무슨……?"

"언젠가 다시 이야기할게요. 확실히 말할 수 있는 건, 그 사람은 그런 존재고 그 사람에게 저 역시 그랬다는 사실이에요."

그래서 그 사람은 나를 기다렸다. 나는 늦지 않나? 무슨 멍청한 말을 하는 거야? 그가 나를 기다리며 마지막 힘을 쥐어 짜내어 버려준 거잖아?

"그런데 저는 그 사람을 줄곧 피했어요. 없어지면 더는 이야기를 나눌 수도 없는데."

나는 바보다. 그렇게 된 뒤에야 깨닫다니.

말이 봇물 터지듯 쏟아졌다. 감정도 제어되지 않았다.

"제대로 마주했어야 해요. 삶이 얼마 남지 않은 그 사람과 제대로 이야기를 나누었어야 해요. 그런데 저는 저를 먼저 지키느라……. 이제 그 사람은 없어졌어요! 이제 만날 수 없어요! 더는 이야기도 할 수 없어요!"

몸을 앞으로 쓰러뜨리고 머리를 감쌌다.

"저는 잘못을 범했어요. 더는 되돌릴 수 없는 큰 잘못이에요……."

"유미즈키……."

사에키의 작은 목소리가 들렸다.

이윽고 그녀는 조용히 내 머리를 끌어당겨 그 가슴에 안아주었다.

나는 일순 놀랐지만, 아무것도 되묻지 않고 그녀의 다정한 마음에 몸을 맡긴 채—— 크게 후회하며 눈물을 흘렸다.

7.

——그로부터 얼마 뒤의 일이다.

나는 건네받은 열쇠로 그 문을 열었다.

안에는 열 개 정도의 테이블석과 카운터 앞의 좌석이 있었다. 테이블석의 의자는 지금 모두 테이블 위에 얹혀 있었다. 청소하기 쉽도록 정리한 것이리라.

카운터 너머로는 컵과 컵받침이 담긴 식기장이 보였다. 여기서 보이지 않는 곳에는 업무용 커피메이커와 사이폰이 놓여 있을 것이다.

"와아!"

뒤이어 들어온 사에키가 내 앞으로 나서 감탄의 목소리를 냈다.

이곳은 카페였다.

단, 1년쯤 전부터 휴업 중이다.

그런 것치고는 손질이 잘 되어 있는 걸 보니 언젠가 재

개할 날을 위해 정기적으로 손을 본 모양이었다.

"제법 느낌이 좋은데?"

"그런가요?"

내게는 그 모습 그대로 휴업 중, 혹은 폐업 준비가 끝난 카페로밖에 보이지 않지만, 어쩌면 사에키의 눈에는 어떤 이미지가 보이는지도 모르겠다.

이곳의 소유자는 그 사람이었다.

그렇다. 그 사람**이었다.**

나는 그것을 이중적인 의미로 과거형을 사용하여 표현해야 한다.

그 사람은 이제 없다.

그리고.

"이곳을 유미즈키에게?"

"그렇다는 모양이에요."

지금은 소유권이 내게 있다.

그 사람은 결국 평생 혼자 살기를 고집했다고 한다. 그리고 그는 경영하던 이곳의 소유권을 내게 양도하겠다는 말을 남기고 떠나갔다.

또한, 그날 침대 옆에 있던 여성은 그의 동생이라고 나중에 들었다. 휴업 중인 이 가게를 손본 사람도 그녀였다는 모양이다. 그렇다면 그녀에게 양도하면 될 텐데 그 사람의 뜻을 존중하여 내게 이렇게 엄청난 것이 주어졌다.

이 일과 관련하여 꼭 언급해야 할 이야기가 있다.

그것은 내 어머니의 이야기다.

이렇게 큰 것을 받았다는 사실을 감출 수도 없었기에 어머니께 그 사람의 죽음과 지금까지 어머니가 감추었던 사실을 내가 이미 알고 있었다고 알리자 어머니는 큰 충격을 받았다.

어머니는 지금까지 내가 왜 그렇게 쌀쌀맞게 굴었는지를 깨달아 나를 어떻게 대해야 할지 전보다 더 알 수 없게 된 모양이었다. 한편 나는 나대로 여전한 태도를 유지했다. ——그 결과, 나와 어머니의 관계는 더욱 어색해졌다.

이것이 분명 어머니의 죄와 벌일 것이다.

하지만 나는 이제 똑같은 실수를 반복할 생각은 없다. 언젠가 서로의 마음이 정리되었을 무렵에는 다시 어머니와 마주할 생각이다.

다시 한번 가게 안을 둘러보았다.

"아, 맞다."

"응? 왜 그래?"

내가 무심결에 중얼거리자 사에키가 되물었다.

"생각났어요."

"응?"

그녀는 고개를 갸웃거렸다.

"저는 이 가게에 와본 적이 있어요."

중학교에 들어간 뒤 아버지가 몇 번인가 데려온 카페가 이곳이었다.

아버지에게 이야기를 듣고 이곳도 그 사람에게 내 모습을 보여주기 위해 이용한 곳이리라고는 생각했다. 같은 날, 같은 시간에 그 사람도 손님으로서 가게에 있었을 거라고 생각했는데 설마 이곳의 주인이었을 줄이야.

하지만 중학교 3학년 때 내가 방황하기 시작했고, 그것을 계기로 이곳에 올 일도 없어졌지만── 가령 그렇지 않았더라도 그 무렵에는 이미 그 사람은 입원과 퇴원을 반복했다고 한다.

물론 생각난 건 그런 게 아니다.

"전에 제게 물었었죠? 언제부터 커피를 좋아하게 됐느냐고."

대학교 축제를 보러 갔을 때의 일이다.

"그 답이 생각났어요. 여기서 마신 커피가 계기였어요. 그 전까지는 그냥 쓰기만 하던 것이 여기서는 전혀 달랐죠. 그 이후예요. 커피가 좋아져서 직접 맛있는 커피를 끓이고 싶다고 생각하기 시작한 게요."

"그랬구나."

스스로도 설마 이런 곳에 다양한 근원이 있으리라고는 생각하지 않았다.

"그래서── 여긴 어떻게 할 거야?"

"글쎄요. 어떻게 할까요?"

나는 카운터의 높은 의자 하나를 반 바퀴 돌려 그곳에 앉았다.

이곳을 양도받으며 내 마음대로 해도 된다는 말을 들었다. 즉, 처분해도 된다는 뜻이기도 하다. 그러면 대체 얼마 정도일까?

사실 이미 어떻게 할지 결정한 거나 마찬가지지만.

"기억나?"

가게 안을 흥미진진하게 걸어 다니던 사에키가 물었다.

"내가 그 뒤에 한 말."

"뭐였죠?"

형식적으로 그렇게 되물었다. 물론 기억하고 있다.

"나중에 카페라도 해보는 게 어떻겠느냐고 말했어."

"그랬죠."

그때의 나는 그것을 부정하며 국공립대학에 가서 취직하겠다는 실로 견실하고 무난하며 재미없는 대답을 했을 터였다.

"사실대로 말하자면, 그 사람의 뒤를 이어 이 가게를 해보는 것도 좋을 것 같아요."

분명 말처럼 간단한 일은 아닐 것이다.

덮어놓고 좋아하기만 하는 것이냐, 좋아하기 때문에 숙달되느냐. 아마추어나 다름없는 내가 얼마나 잘 해낼 수 있을지 모르겠지만. 가장 큰 걱정인 자금 문제는 이렇게 통째로 양도받으며 대폭으로 경감되었다. 지금 이대로 고등학교에 다니며 커피에 대해 공부하고 졸업과 동시에 새로 문을 열 수 있으면 좋겠다.

아무래도 상관없지만, 얼마 전에 이 생각을 유미에게 말했더니 나보다 한 자릿수가 더 많은 예금통장을 보여주었다. 대체 어떻게 이런 돈을 갖고 있느냐며 눈을 크게 뜨자 그녀는 한마디만 남겼다.

"……주식."

내 동생은 그런 걸 했구나. 일단 그 돈에 기대지 않도록 하고 싶다.

"괜찮지 않아?"

나의 그렇게 무모한 생각을 듣고 사에키는 기쁜 듯 그렇게 말했다. 정신을 차리고 보니 가게 안을 둘러보던 그녀는 내 옆까지 돌아와 있었다.

"그런데 당신이야말로 기억하나요? 그 뒤에 자기가 한 말이요."

"뭐였지?"

그녀는 그렇게 말하면서도 웃었다.

"그렇게 되면 도와주겠다고 했어요."

"응. 그랬지."

"그 말에 거짓은 없나요?"

"물론이야."

사에키는 망설임 없이 고개를 끄덕였다.

정말이지 호기심이 대단하다니까.

"어떻게 돼도 모릅니다."
"괜찮아. 어떻게든 될 거야."

속 편하다.

"그보다 어떻게 되든 끝까지 함께해야 할 거예요."
"응. 내게 맡겨."

그리고 거리낌 없다.

한동안 침묵이 흐른 뒤, 나는 한숨을 쉬었다.
그런 나의 행동이 무슨 뜻인지 모르는지 사에키는 고개를 갸웃거렸다.
"정말로 당신은 이따금 둔하네요."
평소에는 아주 총명하고 예리하면서.

"저는 앞으로도 계속 곁에 있어 달라고 말한 거예요."
"뭐……?"

그녀는 일순 어안이 벙벙해졌다.
하지만 이내 무슨 말을 들었는지 이해하고 빨개진 얼굴을 숙였다.

"저, 저기…… 나라도, 괜찮아……?"

"이제 와서 무슨 소리예요? 달리 누가 또 있죠?"

사에키 키리카답지 않게 자신감이 없었다.

"그, 그럼……."

하고 그녀는 얼굴을 숙인 채 조심스레 왼손을 내밀었다.

"이게 뭐죠?"

"음…… 결혼반지?"

"그런 게 있을 리가 없잖아요?"

뒤로 넘어갈 뻔했다.

"그, 그래……?"

"준비했으면 남자로서 멋있었겠지만── 알다시피 저도 학생 신분이니까요."

애초에 그런 대사는 고등학생이 할 게 아니기도 하지만.

"하지만 당신이 졸업했을 때는 확실하게 모양새를 갖출 게요. 그때까지 기다려주세요."

"응. 기다릴게……."

그렇게 말하며 손을 거둔 사에키는 아직 얼굴을 들지 않은 채 그 손가락을 자신의 눈가에 댔다. 부드러운 손가락이 그곳에서 반짝이는 것을 닦았다.

나는 그것을 못 본 척하고 재차 가게 안으로 눈길을 돌렸다.

내가 이 가게의 뒤를 잇는구나. 제법 큰 결단을 내리려 한다. 과연 내가 잘 해낼 수 있을까?

그리고 그렇게까지 하는 것이 그 사람의 바람이었을까?

지금은 그것도 더 이상 모르겠다. 그것을 알 기회를 내가 스스로 짓밟았으니까.

그러니 속죄하는 마음 반, 나를 위한 마음 반이려나?

"앞으로 힘들 것 같아?"

사에키가 얼굴을 들고 나를 똑바로 바라보았다. 눈은 빨갰지만, 마음을 다잡은 모양이었다.

"그런 것도 있죠."

"괜찮아. 어떻게든 된다니까."

그녀는 '그것' 말고 다른 것은 묻지 않고 태연히 말했다.

"우리 둘이라면."

"그렇군요. 우리 둘이라면."

근거도 없는데 이렇게까지 마음 든든한 말이라니 신기하다.

하지만 확실히 그렇다.

나는 혼자가 아니다. 사에키가 있다. 그녀와 함께라면 분명 어떻게든 될 것이다.

우리는 잠시 서로의 얼굴을 마주 보았다.

""앞으로도 잘 부탁합니다.""

그리고 동시에 머리를 숙인 뒤 한 박자 쉬고 동시에 웃었다.

사에키와
한 지붕 아래

사에키와
한 지붕 아래

번외편

2년 뒤? 키리카

'll have Sherbet

이곳은 주택가의 입구에 있는 카페다.

열 개 정도의 테이블석과 카운터석이 전부인 작은 가게.

작지만 인테리어에 신경을 써서 제법 세련된 가게라는 평판이 자자하다. 덕분에 근처에 사는 사람들에게 사랑받아 크리스마스가 코앞으로 다가온 오늘도 나름대로 성황.

"──이었으면 좋았겠지만⋯⋯."

가게 안을 둘러보았지만, 파리만 날리고 있었다. 분명 어딘가 보이지 않는 곳에 집을 만든 것이 틀림없다.

나와 유키가 만난 그 해로부터 2년의 세월이 지났다.

유키는 고등학교 졸업 후 대학에는 진학하지 않고 이 가게를 이었다.

그는 고등학교 2학년 3학기에 대학 진학은 하지 않겠다고 결정했고, 3학년 1년 동안은 본가 근처의 카페에서 알바라는 이름의 수련에 힘썼다.

나는 커피에 대해 잘 모르기 때문에 1년이라는 수련 기간이 짧은지 아닌지는 모르겠다. 하지만 유키가 끓인 커피는 맛있으니 분명 누가 마시든 모두 좋아하리라고 믿는다.

한편, 나는 현재 고등학교 3학년이다. 올봄에 가게가 오픈, 아니, 재개한 뒤로 줄곧 할 수 있는 만큼 도와왔다. 가을에는 일찌감치 수시로 대학 입학이 결정되어서 현재 학업은 뒷전이다.

사실 나로서는 유키처럼 진학하지 않고 본격적으로 가게를 돕고 싶지만, 그나 우리 부모님이 반대했다.

유키가 말하기를.

"가게가 잘 된다는 보장이 없으니 대학만은 다니세요."

말이 씨가 되면 어쩌려고.

그렇다면 가게를 시작한 지금이야말로 나도 대학에 가지 않고 도와야 한다고 생각한다. 대학은 가게가 궤도에 오른 뒤에라도 갈 수 있으니까.

그런 고로 나는 지금도 아르바이트생이고 앞으로도 아르바이트생의 몸이다.

아르바이트라면 유키도 1년 동안 했을 정도다. 미즈노모리 고등학교에서는 아르바이트를 인정한다. 단, 학교에 신청하여 허가를 받아야 한다.

내가 허가를 받으러 갔을 때의 일은 다음과 같다.

§ § §

"실례합니다."

새 학기가 막 시작된 어느 날 점심시간에 나는 교무실에 찾아갔다.

담임 선생님의 모습을 찾았고, 이내 자리에 있는 것을 확인했다. 옆자리의 선생님과 즐겁게 대화를 나누고 있었다.

"선생님."

"사에키? 무슨 일이니?"

"네. 실은 아르바이트를 하고 싶어서 허가를 받으러 왔어요."

"아르바이트? 3학년이 된 이 시기에?"

선생님은 의아한 듯한 얼굴로 되물었다.

그 의문도 당연하리라. 미즈노모리 고등학교는 진학교다. 1, 2학년이라면 또 모를까 3학년에 올라간 뒤에 시작하는 학생은 적다.

"그게, 아르바이트랄지, 가업이랄지······."

내 말이 조금 모호해졌다.

"가업? 너희 집이 자영업을 하던가?"

"아니요. 아니에요."

거기서 나는 결심하고 말을 꺼냈다.

"올 3월에 졸업한 유키····· 유미즈키라고 있지요?"

"아, 응."

어쩐지 선생님의 맞장구에 당황한 기색이 엿보였다.

그것도 그럴 것이다. 유키는 진학교인 이곳 미즈노모리에서 대학에 가지 않고 졸업과 동시에 자신의 가게를 가진 전대미문의 학생으로 선생님들 사이에서 유명하다.

"제가 졸업하면 그 유미즈키와 결혼할 거라 가게를 돕는 건 아르바이트라기보다 가업인 것 같아서요……."

"뭐……?"

이후 급히 교무회의가 열렸다.

§ § §

봄이 되어 졸업하면 학업과 아르바이트의 양다리를 걸치게 된다. ……응? 그쯤에는 결혼으로 성씨도 바뀌었을 테니 삼다리인가? 학생 신분에 결혼이라니 생각만으로 웃음이 나온다.

뭐, 주부인 건 2년 전부터 마찬가지지만.

아직 스무 살도 되지 않은 이 가게의 젊은 사장으로 말할 것 같으면 손님이 적다는 핑계로 장을 보러 나갔다.

태평하기도 하다.

나도 인기 메뉴나 블렌드 커피를 내리는 정도는 할 수 있지만.

또한 아까부터 나는 이 가게를 그냥 가게라고 부르고 있지만, 분명한 이름이 있다. 있지만 말하고 싶지 않다. 여하튼 그 이름을 정한 사람이 바로 호류 씨니까. 숙고한 것인지 즉흥적인 것인지는 모르겠지만, 그녀가 생각한 이름을 유키가 아주 마음에 들어해서 그것으로 결정되었다. ……나도 센스는 있다고 생각하는데.

각설하고.

나는 카운터석에서 가게 안을 둘러보았다.

이 카운터석의 끝에 장년의 남성 한 명이 있었다. 전면 창 앞의 박스석에 근처에 사는 주부들로 보이는 두 사람과 교복 차림의 여고생이 한 명 있었다.

솔직히 위기감을 느낄 정도로 한산했다. 아직 1년 차라 그렇다고 생각해야 할까? 초장부터 이러니 앞으로도 불안하게 생각해야 할까? 여하튼 가게를 살리기 위해서는 더 큰 노력이 필요할 것 같다.

나는 여고생에게 눈길을 보냈다.

긴 흑발이 아름다운 미인이었다. 나보다 한 살 아래인 고등학교 2학년이라고 했던 것 같다. 그녀는 여름의 끝자락에 훌쩍 나타났고, 그 뒤에도 이따금 와주었다. 이 가게의 몇 안 되는 단골손님 중 한 명이다.

오늘도 홀로 조용히 책을 읽고 있었다.

나는 그녀의 테이블에 가 이름을 부르며 말을 걸었다.

"여전히 책 읽는 모습이 멋있네요."

"키리카 씨."

그녀는 얼굴을 들더니 쑥스러운 듯 미소 지었다.

미인인 그녀가 창가석에서 책을 읽는 모습은 정말로 그림 같았다.

"이 가게는 분위기가 차분해서 느긋하게 책을 읽고 싶어져요."

그건 사람이 적다는 걸 에둘러 표현하는 말일까?

딱히 말하면서 본인은 그것을 알아채지는 못했겠지만, 이내 "아……" 하고 작게 목소리를 냈다.

"역시 키리카 씨는 더 많은 사람을 데려오는 게 좋겠지요?"

"아니에요. 언제든 와주시면 그걸로 족해요."

본심을 말하자면 친구를 데리고 왔으면 좋겠다. 하지만 그녀의 이런 외모라면 학교 안의 어딜 가도 주목받을 테니 이곳에서 홀로 느긋하게 한숨 돌리는지도 모르겠다.

"그나저나 크리스마스를 앞둔 이 시기에 좀 쓸쓸하지 않나요? 좋은 사람 없어요?"

"저는 그런 걸 잘 몰라요."

그녀는 그렇게 말하며 쓴웃음 지었다.

그렇다면 이 미모가 아깝다. 나는 고등학교에 들어간 뒤로 계속 연애를 했다. 이건 이것대로 예외라는 자각은 있지만.

"그렇군요. 언젠가 멋진 남자를 데려오세요."

"네. 노력할게요."

그녀는 재미있다는 듯 미소 지으며 말했다.

"아, 책 읽는데 방해해서 미안해요."

기껏 조용히 있고 싶어 이곳에 온 사람이다. 나도 일하러 돌아가기로 했다. 손님이 안 오면 일이고 뭐고 없지만.

그때 그녀의 컵이 텅 빈 것을 알아챘다.

"커피 리필해 드릴까요? 서비스예요."

뒷부분은 목소리 톤을 살짝 낮추어 두 자리 옆에 앉은 주부들에게 들리지 않게 말했다. 유키도 단골 소녀에게 커피 한 잔 서비스하는 정도로 뭐라고 하지는 않겠지.

"감사합니다. 그래도 이만 나가려던 참이에요."

그녀는 그것을 행동으로 나타내듯 책가방에 문고본을 넣기 시작했다. 그러더니 코트를 입고 계산을 마친 뒤 가게를 나섰다.

가게 안이 더욱 적막해졌다.

내가 카운터 너머에서 컵을 씻고 있는데 갑자기 도어벨이 울렸다.

"어서 오세요."

이 가게의 도어벨에서는 아주 아름다운 소리가 난다. 도어벨은 가게에 와주신 손님이 가장 먼저 듣는 소리라며 유키가 까다롭게 골랐다. 이렇게 말하면 미안하지만, 그에게 거기까지 고려하는 센스가 있다니 의외였다.

지금은 세상을 떠난 배우가 경영하던 바는 여성의 하이힐 소리가 아름답게 울려 퍼지도록 바닥 재질을 엄선했다는 모양이다. 진정한 멋은 이런 게 아닐까 생각한다.

재차 각설하고.

"안녕하세요?"

그때 한 여성이 들어왔다. 진한 벌꿀색 머리카락에, 어던가 어두운 분위기의 여성이었다.

그녀는 이 가게에 드나드는 업자, 까지는 아니지만 입구에 놓아둘 웰컴 보드의 디자인을 부탁한 현역 미대생이다.

이 가게를 열며 초크 아트 웰컴 보드를 제작해줄 사람을 찾다가 쿠와시마 히지리 선배의 약혼자이자 유키의 동창인 야마나미 루나 씨가 그녀를 소개해 주었다. 덕분에 프로 업자에게 맡기는 것보다 저렴했다.

야마나미 씨 역시 미대에 들어갔고, 미즈노모리의 축제에서는 학급의 간이 가게 메뉴판을 만들었지만, 그 성격 때문에 이 가게의 웰컴 보드는 책임이 너무 막중하다며 맡아주지 않았다.

"마스터는?"

"지금은 잠깐 나갔어요."

잠깐은 무슨. 전혀 돌아올 기색이 없다. 대체 어디에서 농땡이를 치고 있는 걸까? 방탕한 사장 같으니라고.

"그래? 크리스마스 버전의 보드가 완성된 김에 가져왔는데……. 그럼 키리카 씨가 봐줄래?"

그렇게 말하고 어깨에 지고 있던 캔버스 같은 것을 내린 뒤 펼치기 시작했다.

안에서는 그녀도 말했다시피 크리스마스 분위기로 꾸며진 초크 아트 웰컴 보드가 나왔다.

"멋지다! 아주 좋아요."

"그래? 좋아해 주니 다행이야. 마스터에게도 보여줘. 거

슬리는 부분이 있으면 수정할게."

"알겠어요. 감사합니다. ……아, 괜찮으시면 커피 한 잔 드실래요? 추우셨죠?"

당장이라도 돌아가려는 분위기였기에 나는 그녀에게 그렇게 권했다.

"오늘은 됐어."

"그러세요?"

하지만 단칼에 거절했다.

"크리스마스는 역시 남자 친구분과 보내시나요?"

그녀에게 연인이 있다는 말을 들은 것은 아니다. 다만, 없을 리가 없다고 확신하고 떠봤을 뿐이다.

하지만.

"그런 게 있으면 좋았겠지만."

그렇게 말한 그녀는 어쩐지 쓸쓸하고 덧없는 미소를 지었다.

아무래도 그녀 역시 홀로 크리스마스를 보낼 모양이다. 언제부터 크리스마스가 이토록 미인에게 차가운 이벤트가 되었을까?

"그럼 또 보자."

그렇게 그녀는 돌아갔다.

그녀에 이어 장년의 남성 손님도 가게를 떠나 마침내 쓸쓸해졌을 무렵, 재차 도어벨이 가게 안에 울려 퍼졌다.

"어서 오세——."

반사적으로 나오던 말이 멎었다.

들어온 사람은 유키였다.

"너무 늦어!"

나도 모르게 나무랐다.

"어디 갔었어? 자리를 비운 사이에 이거 가져왔어."

나는 조금 전에 받은 웰컴 보드를 가리켰다.

"아아, 정말이네."

그렇게 짧게 말한 그는 보드를 보며 "응, 좋다" 하고 몇 번인가 고개를 끄덕였다. 반성하는 기색 없음. 못 말려.

그리고 유키는 카운터 너머로 가서 일을 시작했다. 나는 그것을 카운터석에 앉아서 바라보았다. 작년에 유키가 수련하던 시절에도 자주 이랬다. 그는 시간이 나면 이곳에 와서 커피 연구를 했고, 내가 그것을 옆에서 보는 것이 일상적인 풍경이었다.

그러던 것이 지금은 가게도 무사히 문을 열어 사장과 웨이트리스가 되었다.

"이제 곧 크리스마스네."

"그러게요."

유키의 대답은 마치 장단을 맞출 뿐인 양 무뚝뚝했다.

어라? 별로 기대되지 않나? 그렇게 생각하자마자 나는 내가 얼마나 어리석은지 깨달았다.

크리스마스는 이 가게의 전 사장이 돌아가신 날이다. 메리 크리스마스일 수는 없으리라. 그리고 그것과 관련하여 한 가지 더 해결해야 할 문제도 있다.

"어머님과는 화해했어?"

나는 이참에 피해도 소용없는 이야기를 꺼냈다.

유키는 일순 손을 멈추었지만, 이내 일을 재개했다.

"화해랄 게 뭐 있나요. 제가 저만의 일방적인 이유로 미워할 뿐이에요. 그 사람은 틀림없이 제 어머니로서 해야 할 일을 했고요."

"그럼——."

"하지만 지금은 아니에요."

유키에게 들은 이야기에 따르면, 그의 어머니는 큰 충격을 받은 모양이었다.

그것도 당연하리라. 짧게나마 과거에 한 번은 사랑했던 남성이 죽고, 계속 잘 감춘 줄 알았던 사실은 진즉 아들에게 들켰으니까. 지금도 아직 완전히는 회복하지 못한 모양이었다.

그래서 유키는 조금 더 진정이 되면 이야기를 하러 갈 생각일 것이다.

"괜찮아요. 당신 일도 있으니 조만간 반드시 어머니를 찾아뵐 거예요."

"응."

아쉽게도 나는 제삼자고, 이것은 모자의 문제다. 따라서 나는 믿고 기다릴 수밖에 없다.

그래. 이 이야기는 이쯤 해두자.

"크리스마스에는 가게에서 재미있게 보내고 싶네."

하지만 그것과 이것은 별개의 이야기다.

아니, 오히려 그렇기 때문에 크리스마스에 분위기를 띄워야 한다.

"그러게요."

유키의 대답은 아까와 똑같았다. 하지만 억지웃음이 아니라 확실히 미소 지으며 대답해주었다. 분명 그도 계속 침울하게 있을 수는 없다고 생각했을 것이다.

"하지만 손님이 없네요."

"괜찮아."

아픈 곳을 찔렸다.

"그보다 유키도 생각해. 손님을 부를 방법을 말이야."

"알아요. 저도 취미나 재미로 할 생각은 없어요."

그렇다. 이 가게는 점포 자체야 양도받은 것이지만, 바꿔 말하자면 다만 그뿐이다. 제대로 돌아가지 않으면 망하고 만다. 다양한 사람의 도움을 받아 문을 열었는데 망하면 그 돈도 갚을 수 없게 된다.

"우선 크리스마스에는 내가 산타 코스프레로."

"그만두세요."

즉각 기각되었다.

좋은 아이디어라고 생각했는데. 요즘에는 편의점이나 슈퍼의 계산대에서도 산타 컬러의 웃옷을 입고 모자를 쓴 점원을 흔히 볼 수 있다.

산타 코스프레는 집에서 즐기기로 하자.

"귀여운 여자와 멋진 남자 알바생을 구하자."

"당신은 여길 무슨 가게로 만들 셈이죠?"

이것도 안 되나?

이거라면 현역 고등학생부터 시간이 남아도는 부인, 일선에서 물러난 아저씨까지 폭넓은 층에 지지받으리라고 생각했는데.

"게다가 사람을 구할 돈도 없거니와 필요도 없어요."

확실히 그렇다.

"아, 고양이를 키우고 싶어, 고양이."

"느닷없네요."

카운터 너머에서 커피가 불쑥 나타났다. "고마워"라며 손을 뻗어 받은 뒤 즉각 커피 설탕과 크림을 넣었다.

"고양이를 키우는 게 꿈이거든."

"그럼 가게가 조금 더 붐비게 되면 생각해 보죠."

"정말?! 신난다!"

크림과 설탕이 적당히 섞였을 때, 나는 기분 좋게 컵에 입을 댔다.

음. 오늘도 유키의 커피는 맛있다.

분명 이거라면 가게도, 우리의 미래도 밝을 것이다.

§ § §

"사에키."

갑자기 이름이 불리는 바람에 깜짝 놀라 제정신이 들었다.

"아, 유키."

"그렇게 부르지 말아요."

유키는 쌀쌀맞게 말했다.

"왜 멍하니 있어요? 게다가 이따금 히죽거리는 게 정말 불쾌해요."

"불쾌하다고 하지 마."

실례잖아.

현실로 돌아오자 그곳은 나와 유키츠구가 사는 학교 도시의 아파트 거실이었다. 손안에는 애용하는 머그컵이 있었다. 아까 유키츠구가 끓여준 커피였다.

"잠시 미래를 상상했어."

"망상했군요?"

또 멋없는 소리를…….

유키츠구도 자신의 컵을 들고 내 정면에 앉았다.

"뭐, 망상이라면 망상…… 아, 아니."

내 말이 끊어졌다. 맞은편에서 유키츠구가 "왜 그래요?" 하고 물었지만, 그 목소리가 멀어졌다.

나는 갑자기 확신했다.

"아니야. 분명 우리의 미래야."

그렇다. 그것은 우리의 미래다.

대체 왜 그런 것을 상상하고 미래라고 확신할 수 있는지 생각하던 때, 새카만 고딕 롤리타 의상을 입은, 처음 보는 것도 같고, 어디선가 만난 것도 같은, 어른으로도 소녀로도 보이는 그녀가 내 의식의 한구석에서 짓궂게 미소를 지었다.

또 앨리스구나……

나는 한순간 머릿속을 스치고 사라진 뒤 더는 떠오르지 않는 그녀에게 욕설을 퍼부었다. 쓸데없는 짓을…….

"우리의 미래는 밝을 것 같아."

"그래요? 당신이 그렇게 말한다면 그렇겠지요."

유미즈키도 작게 웃었다.

가게의 앞날은 조금 불안하지만, 나와 유키츠구는 지금과 다름없이 함께하며 둘이서 웃고 있었다.

그러니 괜찮다.

그날 말했던 대로다. 둘이 함께하면 어떻게든 될 테고, 뭐든지 극복할 수 있을 테니까.

사에키와
한 지붕 아래

작가 후기

『사에키와 한 지붕 아래 I'll have Sherbet! 4』를 구매해주셔서 감사합니다.

이것을 읽으신 여러분과는 분명 초면이 아닐 테지요.

또 만났네요. 기쁩니다.

4권의 발매일은 때마침 이 시리즈의 1주년이기도 합니다. 많은 분께 사랑받아 여기까지 올 수 있었습니다. 정말 감사합니다.

이미 읽으신 분은 아시겠지만, 이번에 아주 절묘하게 끝이 났습니다. 이번 권은 꼭 여기서 끝내고 싶어서 부족한 분량을 꽤 많이 보충했습니다. 60쪽이 넘게 보충했을까요? 서적판 오리지널이 마음에 드셨으면 좋겠습니다.

시리즈로는 진즉 반환지점을 지나서, 지금 제 머릿속에 있는 것을 모두 끄집어내기까지 얼마 남지 않았습니다.

내용을 언급해 볼까요?

실은 초고 단계에서 과격한 장면이 한 곳 있었습니다. 폭력이 아니라 야한 방면으로 과격했지요.

그것을 담당자님께 보여드리며,

"안 될까요?"

"안 되겠지요. 그보다 유미즈키, 뭐 하는 거야?(웃음)"

단칼에 거부당했습니다.

안 되는구나. 고등학생이 이렇게까지 하면 안 되는

구나…….

그리고 요즘 검은 앨리스에 대한 질문을 자주 받습니다. "앨리스의 정체가 뭔가요? ○○?"

답변—— 그것은 그런 생물이라고 생각해 주세요. 꿈의 산물일지도 모르고, 명확한 존재일지도 모릅니다. ……물론 이번 권에서도 마구 날뛰지만요.

이 시리즈가 조금 더 권수를 거듭할 수 있다면 설명을 하려고 합니다. 부디 기대해 주세요——라고 말씀드리고 싶지만, 맥이 빠질지도 모르니 과도한 기대는 하지 마시고 기다려 주세요(예방선).

그럼 여기서 두 가지만 홍보를 하겠습니다.

한 가지는 3권에서도 언급했던 후루카와 고세이 선생님의 코미컬라이즈판『사에키와 한 지붕 아래 I'll have Sherbet!』입니다. 이쪽도 순조롭게 회를 거듭하여 현재 제5화까지 공개되었습니다. 제가 제공한 소재라고는 생각할 수 없을 정도로 멋지게 완성되었으니 아직 보지 않으신 분은 꼭 읽어봐 주세요. 저도 팬의 한 사람으로서 매월 기대하고 있습니다.

3월에는 단행본 1권이 발매됩니다!

그리고 또 한 가지는 작품 홍보입니다.

이『사에키와 한 지붕 아래 I'll have Sherbet!』과 동시에 마찬가지로 패미통 문고에서『빙빙 도는 학교와 선배와 나 Simple Life』가 간행되었습니다. 같은 곳에서 두 작품 동시간행입니다.

이쪽도 학원 러브 코미디이니 『사에키』가 마음에 드신 분들은 분명 재미있으실 겁니다.

그럼 마지막으로 감사 인사입니다.

우선은 이번에도 일러스트를 맡아주신 플라이 님. 항상 귀여운 사에키를 그려주셔서 감사합니다. 그리고 담당 편집자인 카와사키 님. 덕분에 1년에 다섯 권이나 낼 수 있었습니다. 정말 감사합니다. 그리고 디자이너님과 교정자님, 그 밖에 이 작품의 간행에 힘을 빌려주신 모든 분께 진심으로 감사드립니다. 감사합니다.

그럼 여러분, 또 만나 뵙기를 바랍니다.

2018년 2월 쿠요

4권 간행
축하드려요.
플라이

4巻刊行
おめでとうございます!!

SAEKI SAN TO HITOTSU YANE NO SHITA I'll have Sherbet! Vol.4
©Kuyou 2018
First published in Japan in 2018 by KADOKAWA CORPORATION, Tokyo.
Korean translation rights arranged with KADOKAWA CORPORATION, Tokyo.

사에키와 한 지붕 아래 4 I'll have Sherbet!

2022년 8월 15일 1판 1쇄 발행

저　　자 쿠요
일 러 스 트 플라이
옮 긴 이 조민경
발 행 인 유재옥
본 부 장 조병권
편 집 1 팀 김준균 김혜연 박소연
편 집 2 팀 정영길 조찬희 박치우 정지원
편 집 3 팀 오준영 곽혜민 이해빈
라이츠담당 맹미영 이승희 이윤서
디 지 털 박상섭 최서윤 김지연
미　　술 김보라 박민솔
발 행 처 ㈜소미미디어
인쇄제작처 코리아피엔피
등　　록 제2015-000008호
주　　소 서울시 마포구 토정로222, 403호 (신수동, 한국출판콘텐츠센터)
판　　매 ㈜소미미디어
영　　업 박종욱
마 케 팅 한민지 최원석 최정연 한소리
전　　화 편집부 (070)4164-3962,(070)4260-9534 기획실 (02)567-3388
　　　　　　 판매 및 마케팅 (070)42165-6888 Fax (02)322-7665

ISBN 979-11-384-3376-1 04830
ISBN 979-11-6389-708-8 (세트)